作者妮歌

## 作者简介

流浪诗人妮歌，妮歌安妮，旅居加拿大，漂泊于世界各地。

妮歌热爱自由，是一个十分优雅和感性的女人。当生活风平浪静的时候，当一切沐浴在阳光里的时候，她开朗，快乐；当生活遇到惊涛骇浪的时候，她坚强，容忍。妮歌崇尚爱情，但是现在她也逐渐懂得了，爱，不能永存和重生。

北京是妮歌的故乡。在走了很多的路，经历了许多人生以后，如今，故乡依然是妮歌心中最美丽的地方！

妮歌已出版诗集《愿你的爱再一次把我淹没》《安妮私语》上下卷《小鸟在前面带路—妮歌诗文精选》散文诗集《圣．劳伦斯河畔的飨宴》小说集《跳吧，卡萨布兰卡》等。

远方在哪里，我问风，风说，在我消失的地方……

妮歌　著

# 圣·劳伦斯河畔的
# 飨宴

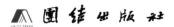 团结出版社
UNITY PRESS

图书在版编目（ＣＩＰ）数据

　　圣·劳伦斯河畔的飨宴 / 歌妮著. -- 北京 : 团
结出版社，2015.1
　　ISBN 978-7-5126-3355-1

　　Ⅰ．①圣… Ⅱ．①歌… Ⅲ．①散文集－中国－当代②
诗集－中国－当代 Ⅳ．①I217.2

　　中国版本图书馆CIP数据核字(2014)第 296706 号

出　　版：团结出版社
　　　　　（北京市东城区东皇城根南街 84 号　　邮编：100006）
电　　话：（010）65228880　　65244790
网　　址：http://www.tjpress.com
E-mail：65244790@163.com
经　　销：全国新华书店
印　　装：三河市东方印刷有限公司

开　　本：150mmX226mm　　1/16
印　　张：14.5
字　　数：80 千字
版　　次：2015 年 1 月　　第 1 版
印　　次：2015 年 1 月　　第 1 次印刷

书　　号：978-7-5126-3355-1
定　　价：42.00 元

# 前 言

　　爱情可以离去，感情可以淡漠，在流浪人的心里，仿佛一切都会结束，也好像什么都无法永存，但是，但是惟有家乡一直留在心底，惟有那多情的飨宴无法忘记。

# 目　录

## 散文集

## 诗歌集

散文集

# 北方的夜南方的雨

下了一天雨，炎热的天气变得有点儿凉爽了。

南方的雨轻柔地下，云像烟，雨像雾。都说南方的烟雨如诗如画，其实，确是如此！香港在南方以南，这里的烟雨就更如诗画般的迷人了。

傍晚，沿着湿漉漉的小径去健身房健身，洁净湿润的空气使因为北上被极度污染的环境造成的喉咙不适也减轻了许多，隐隐飘来的空气中的花香令人感到如醉如痴，没有月光的夜色也能如此温婉！

北方的夜，北方的你，也是这样的温馨甜蜜吗。

# 古战场

走出电梯，酒店大堂的装饰设计——映入眼帘，格斗的、舞剑的、狂吼的、怒目而视的，各种姿态的武士猛兽占领了大堂的各个角落，设计的色彩也充满了血腥气味，十分宽敞的室内空间，没有一朵花一棵草，整个大堂仿佛古罗马的竞技场，也像瞬间误入了秦王的古战场，这是北京机场附近新建的某家美国酒店的大堂设计，这样的设计风格阳刚有余，阴柔不足，这种剑拔弩张的设计只会让人感到毛骨悚然。

"谁设计了这样的酒店？"逃出酒店之前我问收银小姐。

在这里工作的女人们是酒店大堂唯一温柔的点缀和风景。

# 无　题

今天的雨不太温柔，竟然响起了雷声。下午，一个人，去喝一杯苦口的黑咖啡，吃一块五色的甜蛋糕，生活总是苦甜掺半，何况食物和雨呢。

# 睡　吧

　　天黑了，心情也随之低吟。就是不想入睡，其实是心在拒绝接受黑夜的降临。从网上找出一些歌曲来听，多数也都在低吟，唱着悲伤的感情。打越洋电话与黑夜对抗，因为那边是太阳高悬的正午。

　　快乐在哪里，属于黑夜还是黎明？听起来这是一个愚蠢的问题，可是这边的黑夜却来自那边的黎明。

　　睡吧，睡眠使人清醒。

# 一片红叶

　　夏天从来不是我的季节，那种镀上一层金色骄阳的浓绿，只会让我感到疲惫和慵懒。秋就不同了，烂漫田野的红叶是青春期的记忆，所以百看不厌，所以每每期待秋天凉爽的红颜。

　　喜欢在烈日炎炎的盛夏时节，在慵懒的心田里种下红叶，一片。

# 楼上的歌声

已经很久了，我仍然记得那样的歌声。

那歌声委婉动听，高低音的两个少女的歌喉在没有任何乐器的伴奏下，清唱出悦耳的和弦，如清泉般地轻柔，如新月般闪亮。每天我在歌声中醒来，也在和弦中入睡，那时，清晨的歌声让我想起欢快的鸟鸣，夜晚的和声让我想起妈妈的摇篮曲，如今那歌声仍然是除了妈妈的摇篮曲以外最动听的声音，那是楼上两个双生姐姐的歌声。

她们很少走出家门，也很少与外人交流，有时放学回家偶尔可以在楼道里遇见她们，没有别人的时候，她们会对我微笑，露出十分亲切的样子，她们长得很美，就像她们的歌声一样。

一天早上没有听到那优美的歌声，因为没有被熟悉的歌声唤醒，那天我上学迟到了，晚上仍然没有听到她们的歌声，那天晚上，我失眠了，而且那是我人生中的第一次失眠。

几天以后我明白了，她们走了，从每天传出歌声的那个窗口。她们相约一起来到这个世界，又一起离开了。也许她们本来就是一双栖息在窗台上的美丽的鸟儿，很会唱歌的鸟儿，后来又飞去别人家的窗台上继续唱歌了。

很多年过去了，我仍然记得她们婉转的歌喉，仍然记得她们美丽的笑容。

## 天涯何处无芳草

那时，我很执着，对某些事，对某个人。然而那些年的事，那个人并没有因为我的执着而变得更加美好。现实中，在风轻雨弱时，竟然觉得那样的坚持简直是自杀式的愚蠢行为。天涯何处无芳草，灵活的思维，自由的进退，得到的何止是芳草，而是一望无际的美丽天空。

# 星期天的早晨

星期天的早晨，没有听到鸟鸣的声音，也许是因为这几天的炎热使鸟儿们哑了喉咙。那颗大海星静静地趴在茶几上，对气温的变化无动于衷，这个海星是那年和你一起在巴哈马的海滩上买到的，这几年它一直趴在我的茶几上静静地回忆。大海星旁边的那个小鸟笼也是几年前买回来的，那时你问我，为什么要买一个鸟笼给自己？是呀！鸟笼和海星本是完全不同的两样东西，在我的家里，一个失去了自由，一个却意味着完全相反的意义。东南西北打了几个电话，电话那边有的人回答了，有的人没有回答，也接到了几个打给我的电话，有的电话接听了，有的没有接听。昨天晚上的天气预报说这几天的超级热浪已经过去了，从今天开始天气会变得比较凉爽，这是一个好消息，因为太热的天气疏远了人与人之间的距离。

坐在屋子里的躺椅上放松自己，在星期天的早晨，窗外安静得没有鸟语。

# 种 花

花又一次枯萎了，在远行回来以后。每年春天我都会兴致勃勃地种下很多美丽的花，却在花朵绽放之前离去。每次远行以前都会找来我认为最可靠的朋友，千叮咛万嘱咐地交代，如何浇水，何时浇水，别忘了浇水！在旅行途中也会时时打电话给朋友询问花儿的生长情况。每次回来都希望能见到五颜六色的鲜花，可是，每次回来见到的都是已经干枯的花瓣。今天又去买回一些花种下了。在这样的季节里种花？朋友问。是呀，在错误的季节里种花，收获的是五颜六色的灿烂，还是又一次的惨淡。我固执地种花，每年！希望能见到我的花朵，在秋风吹来以前的时候。

# 夏天的乐趣

池水摇曳着一张笑脸，弯弯的苹果树枝挂着青青的小苹果探进篱笆的这一边，墙外樱桃树上的果实也露出小小的红唇，八月就要到来，带来真正的夏天。最近大家更喜欢谈论天气，因为这是一个比较中性的话题。前天晚上的暴风雨留下的积水还没有蒸发出去，住在房子后面的俄国人这样抱怨。住在房子左边的法国邻居，在暑假期间回去了巴黎，住在房子右边的韩国邻居被限期搬走，因为经常吵闹的声音，对面的空房子已经装修了一年仍然是一座大大的空房子，因为没有请专业设计师设计装修的面积,听说房子的主人是从中国那边过来的中国人。因为远离市区，在这里居住的人本来就不多，这样一来这个地方就更安静了。正想着要到新加坡去，也许应该去西班牙的马德里。夏天是休息和旅行的季节，到哪里去都可以，就是不要留在家里，我这样认真地告诉我自己。

# 流　浪

　　流浪是漫无目地随意地游走，因此而喜欢。我是简单到三餐可以减掉两餐的人，最怕的就是有计划地去做事情，不得已时，计划了，反而没有不计划做得好。自由散漫是所有教过我的老师对我的评价，以前每当老师这样说的时候，我都会很伤心，以为是很恐怖的事情。后来，后来的后来，有一天突然发现这四个字其实很美，没有那么可怕，自由是我毕生的追求，散漫呢，竟也有几分浪漫的色彩，于是我走出了恐怖的阴影，从此开始流浪，无拘无束地追求自己的自由和爱好，至今，没有回头。

# 蓝色的雨绿色的花

蓝色让我联想到天空和大海，绿色让我想起森林湖泊和草地，两种生命的色彩编织出璀璨的光阴和七色的彩带。这里，邻近大海，在海天一色的世界里，生命就是飘浮的云彩。乘船出海，仿佛鱼儿畅游在海面，乘船出海，仿佛苦涩的海水，升华成蓝色的雨在海面溅起无数的浪花。这里，邻近森林，树上的鸟儿与湖边的青蛙唱着歌一起长大，秋天树枝上红色的果实来自春天里那朵小小的青涩的花。绿叶的后面有多少渴望，果实的汁液里有多少甜蜜和幻想，生命在绿色里轻漾，在蓝天与海水里繁殖出朵朵白云和希望。（送给蓝色的星球和星球上的生命）

# 小雨里的叹息

　　一杯香浓的咖啡伴着窗外淅淅沥沥的小雨，此刻的心情也如冷暖交替的昼夜和天空。咖啡店里的客人轻声地交谈着，仿佛不愿惊扰我的思绪，我的思绪如小雨般淅淅沥沥。安静地想着你，再过两天就是你的生日，这些年的生日我都没有陪伴在你的身边，可是心总是伴随着你，无论你在哪里，无论你已经走得多么遥远。其实思念最是一种幸福，思念时嘴角上浅浅的不经意的笑意最是温柔和美丽。咖啡已经凉了，小雨还在下着，我轻轻地叹息一声，不是因为一点点伤感，而是为了心底的快乐和释然。

# 脆弱的人

"人，真的很脆弱，掉到地上会被摔碎的，人，恐怕是世上感情最脆弱的生物，你跟他说话，他会说为什么总是和我讲话，你不跟他说话，他会觉得你为什么不跟我说话，你看他，他会觉得你为什么总是盯着我，你不看他，他会觉得为什么你连看都懒得看我，你对他笑，他会觉得你在笑话他，你不笑，他会觉得我哪里得罪了你，见面连笑容都没有，总之人很脆弱，互相之间很难愉快相处。每次发出电子邮件之前都要仔细地检查，很怕有打错的字，如果把错字送出去，那样又要让人脆弱一次。"这是上星期天在教堂做礼拜时牧师讲的话，当时我会心地笑了。人与人的交往需要互相理解，互相宽容，互相信任……人，真的很脆弱，脆弱到没碰，就碎了。

# 浅谈女人

真情流露的女人最美！从来不喜欢做作的，故作多情的，忸怩的女人，这个当然包括文字的表达与现实中的女人，为了这样的性情，今生不知得罪了多少那样的女人。

再来说说花儿草儿，都说女人如花，花也好，树也好，我欣赏的仍然是那种自然又带有清新气质的美丽。举止、风度、衣着、服饰、发型、化妆、笑容等，无不展现出一个女人的风姿，做一个美丽优雅大方的女人并不容易，但是经过自己的修炼也不是不可能的事情，最怕的是那种自以为是，肤浅，又不知进取的女人，这样的女人怎能成为自然界的宠儿呢？人类社会复杂多样，但是无论怎样的语言，信仰和教育，美丽的女人却是只有一种，自然，娴静，端庄，优雅，大方是一定不能少的。真情流露的女人最美，我认为！

# 很久不见了

最近见到一些很久没有见面的朋友，大家见面的第一句话都是，"很久不见了"。很久不见了，言语里流露出思念，也有意外和惊喜，好像还带有一点点遗憾的语气。

歌曲里，文字里很喜欢把很久不见的场景安排在街角的咖啡店那里，店里或店外，总之是一个浪漫又抒情的地方。而真正的很久不见时常发生在杂货店里，有时也在大汗淋漓的健身房里，还有时甚至是在医院里……浪漫的相见可遇不可求，当你我风尘仆仆地突然出现在彼此的面前时，虽然意外，却也真实，没有多么浪漫，却明白我们都活在平常的生活里。

我们不会每次都在街角咖啡店偶遇，也不会，总是微笑着在梦里相遇。

# 选　择

　　有些事遇到了就无法摆脱，跟随着你一生一世。有人会想，早知如此何必当初？可是谁可预料当初与今后呢。有人说这是命运，因为命运也是不可知的，所以这个解释应该说得通。知道也好不可知也罢，有些事还是要跟随着人生，直到永远。我从来不是一个悲观的人，虽然也如常人般被某些不愉快的事情跟随，甚至自认为有更多的烦恼，但是生活还是要继续，还是要像刚出生的婴儿般用特别纯真的眼睛看世界，还要把事情想得特美好。自欺欺人吗？有点儿！不然要怎样？悲观从来不是一个选择，在我的生命里。

# 随风而去

　　昨天买回的百合花今晨绽开了美丽，在微弱的晨曦里吐出香浓的气息，似有似无的笑容就在花瓣上惬意。多少年里喜欢有百合花相伴，尤其是在特殊的日子里。窗前的绿叶，院子里的橡树是环绕着我和百合花的绿荫。一个人的日子也有很多快乐，在花香袅袅的清晨里想着渐行渐远的你，人生中的甜蜜时光就像这美丽馨香的百合，今天昨日含苞欲放，温馨明媚，明天缀满笑意的花瓣就会随风而去。

# 伊甸园

　　我喜欢自然美丽的野花，自由生长的野草，那缺少人工雕琢不修边幅的样子才是我心中的花园。罗马古城的遗址坍塌了一时的文明，可是那种在夕阳下披金戴月的残缺景象却书写了更多历史的辉煌。在塞纳河边散步，那些喧嚣而过的铁船惊扰了我想像中的伊甸园，那人流鼎沸的凡尔赛宫一角的静地是我流连忘返的家园，那里，有野花相伴。喜欢像一只小鼹鼠那样，躲避在田野里，喘息，也喜欢像啄木鸟那样敲击树干，探索已知中的未知，惬意，逍遥，在自己的伊甸园里。

# 安静的小村庄

　　来来去去的四季在小村庄里留下一地落叶和花瓣，蜜蜂和蝴蝶总是适时地到来在季节转换的时候，细菌已经把陈年的落叶转化为泥土，今年刚刚飘落的花瓣和叶子还没有失去水分，村庄在四季中屹立着，炊烟每日袅袅升起，在春潮时，在暮色里。

　　村庄旁边的小河终年流淌着山泉一样甘甜的河水，这应该是村庄经久不衰的秘密。当雨季到来的时候，河水也会浑浊，也会流入村庄的小路带走一些陈年的泥土。村庄里很安静，春天时可以听到蜜蜂和蝴蝶的对话，还有蚕卵孵化时的呻吟。

　　下雨了，雨滴叮咚的声响伴着山水的轰鸣，那里，那里真的，真的，很安静。

# 长满橄榄树的花园

一阵刺痛，鲜血涌出指尖，医生用比玫瑰花刺还要坚硬的针尖挑出一根黑色的刺，玫瑰花的刺。

昨天傍晚，心血来潮突然跑去修剪园子里的玫瑰花，一朵漂亮的玫瑰很不友好地在我的手指上留下了这根刺。那年也是心血来潮在花园里种下了这些玫瑰，玫瑰花生长得很快，不久就变成了一座玫瑰花园，仲夏时节玫瑰花的花香经常溢满空气，萦绕在院墙的外面。

花朵要修剪，即使贵为花中之王的玫瑰也是如此，如不修剪，玫瑰花就会无任何约束地侵占花园的各个角落，让其它花朵失去生存的空间。修剪了，手上留下了刺，流出了血，却可以得到一个长满橄榄树的，四季常青的美丽花园。

# 搬　家

　　生活里最麻烦的事情莫过于搬家。尤其是像我这样的人，虽然经常说走就走，不必向谁请假也无需事先计划，因为总是漂泊或者是流浪，但是即使自由如我，也需要有一个固定的家。朋友总是说，我的性格很像"飘"的故事里的郝思嘉，是一个热爱土地和家园的坚强女子，虽然喜欢流浪却总是要回到一个完全属于自己的地方，那里有堆积如山的家具和衣物，当然还有许多难以忘记的回忆和时光，所以换屋搬家对我来说最是麻烦，所以能不搬就不搬，但是人生有时需要搬家，需要换一个地方，需要换一个活法。

　　今生搬过许多次家，从东到西又从南到北，从这里到那里，从城市到郊外，每次搬家都会丢掉一些无用的东西，也会带走许多宝贵的光阴。

　　又要搬家了，像往日那样忙碌着自己的麻烦，等待安顿下来的那一天。

# 漂流木

记得在台湾台北的一角有一家餐厅，餐厅的主人是一位台湾原住民女子，那家餐厅的设计和木材大多数是取材于漂流木的故事，始于漂流木赋予她的情感。

每个人都有自己精彩的故事，尤其是女人，女人感性的思维方式和审美都更接近原始的冲动与灵性，如果说自然是一张网，那么女人就是网里的一条鱼。

漂流木给餐厅的女主人带来灵感，也让如漂流木般流浪的心可以顺流而下，流向，在远方的港湾。

# 瑟瑟的凉意

　　瑟瑟已在风里游走，迢迢的露雨也准备浸湿叶面，给大地洗礼。心情总是左右在夏与秋之间，还没有完全被正在卷土重来的秋征服。留恋的不是夏的炎热，只是怜悯又一段即将失去的光阴。喜新厌旧在时光里似乎正好相反，旧的岁月是好的，至少她不会再一次伤害到谁，因为她已经离去，因为失去的不能回来。

　　当秋天终于到来的时候，当我再次面对秋天的时候，心，就迎向那瑟瑟的凉意，再次雀跃欢愉。

## 再见秋雨

清晨的雨敲打着窗外的树叶，好似秋日的私语。这是今年的第一场秋雨，在秋风里。

打开玻璃窗，淡淡的湿湿的秋就乘虚而入，带来清凉的秋意。

秋是安静的季节，没有春的喧哗和夏日的浓烈，秋是诗意的，浓墨重彩下竟是童谣般的秋雨。秋雨过后，远方的红叶就能染红河水，还有，还有在水边垂钓的，你。

# 戴贝蕾帽的法国人

　　他又一次走近我，带着同样腼腆的笑容，从贝蕾帽里垂下的金发在阳光下闪着金丝般的光泽，他又一次站在我的身边轻声读出自己的诗，又一次走开，回到自己的座位上。每次去那家咖啡厅都会遇到他，一个戴贝蕾帽的法国人，每次他都是读完诗微笑着走开，留下几句问候的话。时间久了，知道他也是一个诗人，一个情感的守护者，为了追求自己的爱他可以守候在这里，仿佛从未离开。与他交谈，他如水般流畅的话语里总是承载着过去的忧郁。两个诗人两杯咖啡还有几页他刚刚为我写的诗句，都留在下午的光阴里。

　　就要走了，离开这个城市，没有告诉他，因为不想看到他因我的离去变得更加忧郁的蓝眼睛。我是一个流浪的人，很难在一个地方久留，其实他也明白，因为诗人敏感的心灵很容易相通，希望在我离开以后，他不要每天在这里等待，等待我回来。

# 雨　季

　　比起北方，这里的景色没有十分明显的四季变化，春天有花，夏天有花，秋冬也有花，只是在花色和品种上有一些不同。习惯了北方的四季，有时会被这里窗外的景色迷惑，迷失在那花和叶的世界里。

　　有时情感的变化恰如北方的气候，分明得仿佛彩虹上的色带，赤橙黄绿，鲜艳得没有半点遗憾。有时，情感的四季却如南方天气的缠绵和阴雨，模糊了窗外的景色，醉了感情的雨季。

# 风　雨

迟迟未到的台风在晚间时终于来了。你听，风的声音！K君突然说。我立刻像一个惊喜的孩子冲到窗前观看。微弱的灯光下，树疯狂摇摆着，可知风力极强，雨水如消防车喷出的强大水流倾洒而下，声音仿佛千军万马。

早晨K君打来电话又一次嘱咐我留在家里，千万不要飞到巴黎去，因为台风渐近，而且这是这里37年以来最强劲的台风。在这两天里，这样的话他已经说过几次了，他也知道飞机不能起飞在这样的天气里，为了他的固执，我没有固执，这一次，留下了，没有飞到巴黎去。

今天早晨醒来，我迫不及待地出去等风，那时云不动，叶不摇，空气好像静止的流水，却让人有山雨欲来风满楼的感觉。我轻松地在静止的空气里行走，等雨等风。不久几滴细雨落在头上，随后是缓缓落下的密密的雨滴，这应该是强大的雨云被风旋转出的台风的前奏。雨越下越大，我开始在雨中奔跑，向着家相反的方向。知道你会如此，K君的声音在耳边响起，瞬间已经与我并肩跑在雨中。风还没有吹到这里，雨仍然不停地下着，K君特意来到海边的家里与我一起等风看雨。多年来K君一直这样守护在我的身边，风雨无阻，虽然我经常漂流在远方。

## 歌者的叹息

　　当还是一个孩子的时候，希望时间能够过得快一些，当成年以后，就想让时光缓缓地流淌，但是一切却仿佛日升日落，都是昙花一现，一切美好的事都会很快凋零，然后永远消失。

　　"你需要再生，所以要快快地死去。"一个观望者坚持这样说。

　　"今天是我的生日！"一个生存者用强调的语气，这样说。

　　蓝色的花园里交织着细雨、星光和鲜花，一个歌者低沉地唱着：I'm gonna have what she has！Do you hear what I hear？……

# 青　春

那天，在香港的一家马会俱乐部里第一次见到他，一位神采奕奕的老人。他的全家现在都住在美国旧金山，唯独他自己一人留在香港，继续"创业"。交谈中知道他曾经是香港某家金融机构的 CEO，年轻时也算是风云人物，现在老了，却也不服老，做起了当今世界最富有的生意。

人都有所求，有的人甘于平凡，有的人追求刺激，也有人老年时的雄心仍然不减当年，老人 Philip 便是后者。老年人的心情和生活方式对健康和外貌很重要，Philip 的神采又一次证明了这样的说法。

听朋友介绍，Philip 的家人经常劝他到美国和家人一起生活，可是 Philip 坚持一个人留下来，过着单身的日子，他认为，这才是一个保持青春和活力的最好的，方法。

# 人之初，性本善

认识 H 很多年，却从来没有真正走近过他。总是喜欢善良又快乐的人，以为他是这样的一个人，所以与他来往多年，渐渐地渐渐地发现人其实真的会有几面性，几张面孔，最初的印象很可能只是一个错觉，也可能是他最原始的本性。始终对孔子的"人之初，性本善"存有疑问，可是发现用到 H 的身上却刚好恰如其分。

H 又走了，带着冷漠的表情，就像他来的时候一样。

当秋风再次吹起的时候，当那个夏天还在记忆里的时候，能够将多年的感情掩藏在一副拒人千里之外的表情之下，应该是怎样的一种心情？

# 醉　雨

　　这几天香港的天气已经没有那么炎热了，朋友说，因为已经过了中秋。早上花园里总是湿漉漉的，当然是因为夜间的秋雨。花香这时已经少有，即使花开也是懒懒的多少带点儿醉意。都说秋雨伤悲，可秋雨同样醉人，要看心情和环境。昨晚友人相邀国庆时去维港赏灯，顺便观看国庆烟花，这让我想起那年的烟花，雨中的烟花。同样也是节日同样也是灿烂的烟花，却因那雨而略带醉意，就像杯中红酒里的倩影，更多了几分妩媚的姿色。那晚，维多利亚港湾是美的，烟花是美的，夜光中的葡萄酒是美的，心情也是明媚的，这一切都因那小雨 …… 醉人的小雨。

# 秋阳下的盛放

院墙上丰丰满满地开出了串串花朵，肥大丰腴，颜色深浅不一，在早晨的阳光里舒展出别样的风姿。昨天并没有见到这些花朵，也许是我的疏忽，也许因为她们那时还未绽放得如此美丽。

花是有情感的，一定是我的疏忽或是大意激发了她们更强烈的自尊心，于是用这样的盛放来展示自己的美丽。诗文里人们喜欢把自己变成一棵树几朵花长在一个地方，一个所爱的人必经的路上，把自己的盛放展现给心上的人。这花，这些院墙上的花朵是否也在讲述什么，也在讲述一段前世的乡愁？

# 滚滚红尘

　　静静流水点点星光，断断续续的鸟鸣夹杂着几声犬叫，夜伴着甜蜜的梦，过去了。一抹阳光唤醒了沉睡的早晨，屋内屋外像往常一样安静，因为是节日，窗外的那条小街更是寂静无声，平日里邻居家偶尔传来装修房屋的声音也因节日的到来而消失了。这里没有喧哗的人流，也没有浓烈的商业气息，虽然身在香港却仿佛置身在远方的田庄。这样的寂静是我熟悉的声音，这样的声音是我生命的伴侣。最喜欢的几首乐曲缓缓传来，在音乐里，在秋日的早晨，在无声中放松自己。其实节日的时候也有很多事情要做，甚至有比平日更多的事情要做。自己安静的小宇宙只是沸腾的大千世界一隅的静地，外面，是一曲轰鸣的滚滚红尘。

# 落叶随风

　　从城里熙熙攘攘的人群中回到住地，这里完全是一个不同的景象，小街上安静如常，只有花草与清香；餐厅里如常，空旷得仿佛这个世界只剩下我一个人一样；饭菜如常，一年里从未更换过菜单，每天吃着一样的食物，喝着一样的清汤，还好我在吃上并不挑剔，有得吃就好，吃到半饱也会如常停下来结束用餐。这样的饭菜和寂寞已经吓到一些朋友，他们来过几次以后就都拒绝出席了，并建议我搬去香港其它地方居住，比如比较热闹的地方，比如有川流不息的人流的地方，对我来说能留在这样的繁华城市已经很不容易了，那尚无人居住的北极和荒无人烟的火星其实才是我终极流浪的方向，当一个人像落叶般随风飞舞的时候，当感情如水面上的落叶随波逐流的时候，世间的繁花美景，美味佳肴，便都只是过眼烟云了。

# 旅　途

　　搬家是最令人辛苦的事情，无论是从东方搬到西方还是从西方搬到东方，然而对我来说搬家有时却是一种快乐。一本本书一件件彩衣将随我远行，它们也是我旅途中最好的伴侣。人应该有所求，有时却也无所求，当所有的心事都倾注在旅途中的时候，人也就变得更加简单和快乐了。轻松地行走在不同的国度，穿上各异的彩衣，书本就那么沉甸甸地在手臂上相随，那样的感觉那样的景象，给自己带来多少惊喜，多少快乐，无论是在风里还是雨里。

## 与太阳共舞

　　天黑的早了，真的，如果阴天，不到下午六点天色已经开始变暗。今天和朋友谈到天气，不是因为客气实在是因为有这样的感慨。一年之中，日升日落，地球和我们一起有节奏地与太阳跳舞，桑巴舞，于是就有了这样的感叹，于是就有了不同时间的日升和日落。太阳逐渐消失了，街灯代替了太阳，从咖啡厅的窗口望去，更有霓虹灯璀璨的光亮，与朋友喝着咖啡和茶，音乐在早到的夜色里喘息，月亮这时应该在高楼耸立的城市中的某一个角落里散发出微弱的光亮，多么可怜的月亮！香港的夜晚格外美丽，好像童话王国里的景象，尽管这样，此时我已经开始思念刚刚离开的太阳，还有，还有太阳带来的温暖和光明。

# 谈 判

　　一方是香港人，一方是大陆人，我不是这方也不属于那方。香港一方极力强调他们的文化和办事方法与大陆不同，这点从会议桌上的几杯清水几杯茶可以看出一斑；大陆一方极力强调人际关系的重要性，强调甚至这点比资金更重要。我代表第三方的利益，西方公司的利益，在香港一方和大陆一方之间周旋。东西方的文化冲突，中国大陆与香港的不同体制，中国人与中国人之间的不理解，这确实是一场智慧和文化传统的较量。谈判如果只在同一制度同一国度之间进行，不仅没有语言上的不同，更有文化和风俗上的一致、那样会使事情变得容易许多。虽然如今跨国谈判比比皆是，但是在我看来最难的莫过于香港与大陆之间的沟通了。

# 漂亮女人

　　一走进酒店漂亮的发廊就见到两个漂亮的女人，她们时尚美丽也十分健谈，安静的房间里回荡着两位美人儿的笑声和略带口音的国语。她们的话题从发质到老公，从遗传到鞋子无所不有，当她们离开以后，房间里安静下来的时候，我的耳边仍然留有她们的笑声，幸福的笑声。她们快乐和幸福的样子感染了我也感动了正在帮我做头发的年轻发型师。结了婚的女人也能象女孩子一样快乐？他说，一脸迷茫的表情。我笑了，是呀，女孩子应该快乐，大家都这样认为，那是因为她们还没有经历过沧桑吧。女人是否也应该快乐呢？其实那两个刚刚离开的漂亮女人和她们的笑声已经回答了，这个问题。

# 自言自语

　　到台湾来放松一下，放松身体，放松心情。今天难得地对自己好一点，什么都不做，一个人在房间里看电影，哭得稀里哗啦，却很舒服。然后下楼吃点各国的点心，喝台湾的茶。然后到街上走一走，秋风拂面，却也温暖。以为此时台湾会比香港暖一些，其实这里很凉爽。记得附近有一家小店，黑芝麻糊糊做得很不错，晚上会去再次品尝。明天回香港，也许要等到明年才能再来，再来放松自己，放松身体，和心灵。

# 重阳，踏秋

刚刚上网查了一下，知道重阳节也称作踏秋。远离家乡的时候很少听到重阳节这个节日，每年秋天的旅行却无意间成就了踏秋的寓意。这次的重阳节正好停留在中国的土地上，虽然是在很边缘的地方也能感觉到重阳节的气氛。南方的秋与夏的区别不大，所谓踏秋实际上只是为了抒发一种亲密的情感，在没有红叶的秋里，也可登高远望，遍插茱萸。

中国的民俗节日很多，祭祖踏青九九踏秋等既是节日也是家庭团聚的时候，血浓于水！亲情，也渲染了此时姹紫嫣红的秋色。

# 回　家

　　从台湾回到香港又开始忙碌，结束这里的生活准备远行。回家本是一件快乐的事，但是当不确定家究竟在何方时就有了一些迷茫。这时"家乡"应该已经接近冬天了，冰雪的季节里有浪漫也有感伤，所以告诉自己要坚强，坚强地再次，再次流浪去远方……

# 秋色温哥华

　　这里的秋天凉爽清新，从参天古树上飘落的秋叶，有些仍然注满肥肥的汁液，有些已经干枯。林间红红的野果仿佛记忆里充满相思的红豆、有泪欲滴。草还是绿油油的，如果没有清凉的秋风吹过，很难相信这里已经是接近深秋的时候。早上下过的雨依然在小草上闪耀着晶莹，脚下不经意间踢落的水滴，让我仿佛听到秋露的呻吟。踏着湿湿的鞋子，走在铺满薄薄落叶的小径上，踩着秋雨后的秋韵，秋色就在眼前伸展，伸展到海的那一边。那边的暖秋这边的轻风，花朵虽然在秋天里凋谢，多彩的秋色却用自己的浓情抹去了几许淡淡的相思。

# 偶　遇

　　旅途中总是能遇到各种各样的人，尤其是在狭小的飞机空间内，经过长时间的飞行。人有共性更有个性，当人与人之间的距离靠得太近的时候，便看到各自的"精彩"。机舱里是一个小世界，各种肤色各种品性各种笑容渗透了各自的背景，遇到是缘分，也是偶然，即使不必珍惜也应该互相善待。当离开机场时那位同路的老人说出：You're very beautiful! 的时候，她脸上的笑容，让我想到了真诚。

# 下雨的早晨

十一月里的早晨，秋天周末的一个早晨，本来就是安静的地方，本来就是安静的时候，因为下雨更加安静，安静里只有雨声。气温很低，雨水夹杂着冰急急地落下，加快了冬天走近的脚步。

早起的松鼠在湿滑的树枝上跳跃，肥胖的腰肢灵活地扭动，总有一些生命无谓冬季的来临，总有一些生命无谓冬天的寒冷。

昨天清理收集的落叶仍然带着秋天的色彩，门前的菊花上挂满了冰，窗外，雨中的小街看上去那么乖巧，穿着秋天的衣裳，系上了冬天的围巾。

秋叶铺满的小路，秋意犹存的天空，一个安静的早晨，一片雨中的宁静……有人来过留下了脚印，有人走了留下一段，温婉的心声。

# 冬 天

　　也许在温暖的地方住久了，气温刚有些下降已经觉得十分寒冷。记得以前在零下二三十度的时候仍然去滑雪，睫毛上的冰在眼前闪着晶莹的光亮，仿佛置身于水晶的世界。那时冬天是我的最爱，冰与雪交融的冬季里有我年少时的狂想和你温柔冷静的目光。看着雪花飘落，层层叠叠地编织成一张网，覆盖大地，让我无法舍弃这洁白的世界，温柔的冬季。

　　回来了，穿上厚厚的冬装，等待我依恋的冬天，雪花飞舞的消息。

## 不期而遇

　　今晚下雪，气温骤降，天气预报反复播放这个消息，这是今年的第一场雪，来得早了一些，因为还未到冬季。

　　节气是东方的事情，跟西方关系不大，这里要到十二月的某一天才算是冬季。下雪是这里的常事，在树叶还未落尽就开始下雪却不是常事，花开有期叶落有时，万物遵循自己的规律旋转，有时也会稍微早一些或是晚一些，不早不晚当然最好，如果年年如此却又好像欠缺点什么，少的就是意外和惊喜。同样是下雪，此时的雪令人惊慌却也欢喜，不期而遇的雪花定是更加柔软和美丽。

# 何必担心

那只落队的大雁低飞着掠过屋前，跌跌撞撞地寻找气流跟上排成人字形的队伍，每年秋天都能见到这样的情景，每年都会为落下的大雁担心。明知那是多余的情感，明知早晚它们都会跟上自己的伙伴，最终飞到位于南部的美国去过冬，可是那样的担心就是无法消失。

最不让我担心的自然是那些蹦蹦跳跳的小松鼠，很久不见却是仍似往年一样活泼可爱，在秋天里从来不见它们的危机感，也不会紧张兮兮地储存食物或是准备过冬。小松鼠不冬眠，不忧愁更不伤感，一年四季都好像快乐的精灵出现在屋前或屋后，草坪和树上，如果世上真有无忧无虑的生命，那么，一定是它们。

其实生命都有自己不同的活法，何必担心。

# 过去种植在心里

　　一首歌，一幅画，一个风景 ... 都能让人想起一段过去，一个故事，人经常活在过去，过去是很难割舍的自己。都说明天会更美好，可是那苍白的美好在过去的色彩里无法缤纷出可以媲美的烟花或是五颜六色的春季，如那火红的秋色轻易地抹去白雪苍茫的大地。当以为真正忘记了，当以为可以忘记的时候，那首歌那幅画那熟悉的景色又极轻易地让人想起，想起过去，于是会心地一笑，于是，回到了过去。人总是盼望明天的美好，却又时常生活在过去。过去种植在心里。

# 人可貌相

各家的院子像服装或是发式，表现主人的性格和志趣。

从窗户望出去，远的近的邻居家的房屋和院落在河谷间在丛林里隐约隐现，不见炊烟袅袅却也感到炊烟环绕的生气。左边邻居家的后院树木参天，泳池粼粼，晚间更是灯光环绕如仙境般美丽。房屋右边邻居家的院落铺满草坪，几盆秋菊在蓝天绿草间挥洒自己的艳丽。再远些虽然看不太清楚，却也知道那家的院子里此时唯有落叶在舞动。穿衣不必太讲究但是要穿出自己的风格或是至少合体合身，院落也是如此，什么样的院落虽然不见主人的样子却也大概知道他们的相貌和脾气。人不可相貌虽然没有错，但还是有些片面，从穿衣到发型，从一个家庭的室内装饰到室外花园的设计都可以大概了解一个人的爱好和性格，甚至他们的过去。

# 习　惯

经常旅行，电脑是随身之物。

那时电脑放在只有两个轮子的电脑箱里，我经常拖着两个轮子的箱子在各个机场里穿行。后来有了四个轮子的电脑箱，看到别人轻松地推着箱子来来去去，我也放弃了只有两个轮子的旅伴，换了有四个轮子的电脑箱。可是因为用惯了旧式的电脑箱子，在机场里时常仍然拖着箱子走路，当然是只用两个轮子，有时拖到半路才想起这个新箱子应该有四个轮子，可以很轻松地推动前行，于是便会很懊恼，恨不得倒回去重新走一遍。

习惯成自然，想要改变习惯的做法不是很容易。

# 端庄与美丽

朋友的妈妈送给我一件她自己织的毛衣,很漂亮,漂亮得好像是买的。一直没有穿,保留了很多年,那天不小心见到了被叠得整整齐齐放在衣橱里的毛衣,依然那么漂亮,依然靓丽如新,除了又一次感叹朋友妈妈的巧手之外,也感叹岁月如梭的嘈杂与宁静。一个可以坐下来静静地织毛衣的女人该是何等的端庄,该是何等的美丽。

上学时,我也学过织毛衣,确切地说是一件毛背心,更确切地说是一件没有衣领的背心,黄色的,鹅黄色的那种,好像春天里小鹅的毛色,衣领和肩膀都没有完成,因为不会织那些部分,尽管如此,那时这件"毛背心"仍然是一件令我骄傲的杰作。

时间过去了,没有学会织毛衣,却一直努力做一个像会织毛衣一样的女人,一个端庄美丽的女人。

# 那样的一个角落

喜欢那样的一个角落，亮亮的，有鲜花的芳香有阳光的环抱，听着一首旧歌，留在记忆里的旋律，读着一首旧诗和几乎淡漠的回忆。

其实，其实不会随意跨越时间的分界，因为，因为很喜欢停留在有阳光环抱的角落里。

# 雪落枝头

洁白的雪在青松上显得格外醒目，苹果树树枝上的冰使乌鸦和松鼠很难落足，它们飞着跳着让树枝颤动。风一层层掀起地上的积雪，天空有点儿朦胧。同样的院落不同的景色，季节的巧手装扮窗外的美景，无论春夏秋冬。静观日出日落花开雪舞，哪一个不是动人心弦的美丽。久违的雪回来了，洒落满园的洁白，幻化满怀的轻松。

# 美丽人生

冬天总是像一部序曲弹奏着风雪的旋律，看似冷漠却有春声孕育其中。雪是春的天使，翩然而下，那绿色盎然的季节便随后而至。如果感叹冬的无情，扫落了一地的美丽，何不仰望雪景如玉，春华序语。生生息息的田野，还有清澈湛蓝的天空，都是严寒里的希望，人生的美丽。

# 不食人间烟火

清晨，熟悉的铲雪声音隐约传来，隔窗望去，天空似江南水乡般地烟雨缥缈，星期天的早晨不见车来车往，唯有似曾相识的袅袅炊烟。壁炉里的火焰跳跃着发出劈劈啪啪的声响，那是落过雪的木柴发出的声音，小时候顽皮，喜欢将一根细细的木柴浸上雪水丢进壁炉里，当那欢快的声音响起时便蹦跳着如跳跃的火影。人终究会长大，却又总会保留一些童趣，带着童心看世界，只有美好和一个纯洁的天地。雪花静静地飘落，梦幻般地飘渺，关上门窗，煮一杯咖啡，回到壁炉前柔软的座椅里，回到不食人间烟火的境地。

# 礼　物

　　又一个很久不见的朋友来电话了，仍然只是问候寒暄。我们同在一个城市，却很少见面，偶尔互通电话知道彼此安好便也心安。很多年了，这样的朋友似乎越来越多，大家虽然不经常见面却也不会忘记彼此，友情好像阳光，总是环绕在身边，总是温暖人心。圣诞节临近，每年这时都会精心挑选圣诞礼物送给朋友，当然节日里也会收到朋友们的礼物，小小的礼物可以表达彼此的爱心，保存长久的友情。

# 落叶归根

雪花的清香在空气里弥漫，听到寂静中，冰在脚下破裂的音响，昨晚河水冰冻了，今晨又在阳光下融化，载着最后一片秋叶漂向远方。故乡在路的尽头，故乡是笔下的村庄，清泉样的灵感在晨光里跳跃，往事在废弃的火车道上轻吐，一缕浓烟。

## 沉默的美丽

雪花静悄悄地飘落，遮盖了彩色的世界，仿佛春花无声地绽放，绽放出斑斓的花园。岁月在这样美丽与洁白的寂寞里逝去，叶落、花开、飞雪，一样的寂静，也一样的神秘。静静地过自己的日子，淡淡地与人交往，快乐地度过一个又一个节日，带着泪水祝福每一个生日，这些都是已经习惯了的生活，这些都是在自己的世界里游戏。不用担心花儿的行踪，她是春风里的天使，不必感叹落叶的坚持，终究她们会在寒风里飘去，雪花在年末开放，静静地静静地，舞动沉默的美丽。

# 落雪丰盈

温婉清丽的雪景在窗外辉映晨光，早上竟也有如此温暖的太阳，一直以为冬季的温柔只在雪花的脉络里轻盈，原来晨曦里的婉约也是如此的晶莹。

咖啡的醇香在屋内漫延，咖啡的温热在手中融化，流入心田，这样的时光，这样的早晨，寂静中的快乐温暖了房间里的每一个角落。以前经常会想起雪中的嬉戏，这时却只有你温馨的笑意。

此时的雪只是冬季的序曲，当冬雪再次堆积成一座城堡，一个冰雪花园的时候，喜悦，就会再次降临！

# Rush hour

　　冰雪承托出熠熠生辉的圣诞彩灯，夜总是早早地降临在冬季的时候，圣诞将近，虽然气候寒冷，到处仍然是车水马龙。年底是比较忙碌的日子就像每一年的年初，一天的工作后，坐下来喝一杯咖啡，吃点儿薯条和鸡翅膀补充严寒里失去的热量。人是很顽强的生命，零下多少度的冬天也会兴致勃勃地来往于自己生存的空间，生活着、快乐着、悲伤着。窗外的车灯从眼前闪过，家中的炉火，晚餐是那些车辆的终点，我在到家之前停车休息，任凭其它车辆急驶而过。咖啡的热气断断续续地朦胧了窗外的夜色，这样的时候心静如水，此时闹市中的喧嚣只是外面的世界，与我无关。

# 感　恩

　　指尖随意地从钢琴的琴键上滑过，一段无意的旋律却也感动了自己。记得第一次相遇，在左岸，在巴黎，只有记忆里桂花的清香没有玫瑰的花语。长长的一段路，沿着塞纳河边的小径，蜿蜒出一曲今日琴键上跳跃的音符。有些事情以为忘记了，以为从未发生过，可是却在不经意间想起。

　　又是一个冬季，又是圣诞乐曲欢唱的时刻，感谢能有这样的机遇与你曾经相遇过，虽然那已经是过去的记忆。

# 北方的鸟

盐，销售一空！因为今年冬天雪多，也更寒冷，家家户户都早已准备好盐帮助融化门前的冰雪，在这方面我总是比别人的反应慢一些，所以当我知道需要盐的时候，盐却早已销售一空。

最近屋前的车道上全是冰，很像结冰的小河的河面，穿上冰鞋在上面溜冰，竟然也感到其乐无穷。冬季失去了许多室外活动的机会，却也有其它季节没有的乐趣，当无忧无虑地在因自己的疏忽而留下的冰面上玩乐的时候，冬季仿佛也没有多么单调和无聊了。

每年的一月和二月是多伦多最冷的时候，许多加拿大人像候鸟一样，这时已经在加拿大南边的美国过冬，要到春天才回来，只有我们这些自认为羽毛丰满的北方的鸟留下来，在冰雪中等待春天的到来。

# 看星星

今夜风大，树枝敲打房屋或是冰凌断裂的声响时时传来，让人无法入睡，索性起来看星星。几颗寒星在夜空上闪亮，风吹走了云，吹走了空气中的尘埃，只剩下这些星星。白雪借着远处的灯光和星光照亮了昏暗的院落，黎明前的沉寂里有甜睡的鼾声。

这样的季节这样的时刻没有鸟鸣。春天的早晨就不同了，睡梦中也能听到鸟儿的欢唱，那样的歌喉不会把人吵醒，只会让人在动听的歌声中酣睡。冬季很少见到这个时辰的星星，因那扰人的噪音醒来，也因那扰人的声响见到了如此闪亮的黎明前的星光。

窗外是一个冰雪的世界，零下四十度的严寒里，一颗流星划过夜空。

# 节　日

　　节日一个接一个，过完圣诞、新年又将是中国新年。这里远离故乡却也年年早早地张灯结彩迎接这个中国人传统的节日。

　　近年中国人渐渐多起来，节日自然也越来越有味道。家乡在很多人心里总是占据重要的位置，尽管习惯了很多西方的节日，可是对于中国人来说最热闹的节日还是中国新年。

　　圣诞树拆除了，让位给中国灯笼，喜庆雄狮……在这里"过年"习俗上没有了南方与北方之分，只有，中国新年。很多中国人这时会回国过年，在一年的辛苦后，回家团聚或祭祖，让这个节日增添了更多的人情味。

　　节日，无论什么节日都不能取代中国新年，只有"中国新年"才是海外华人心中真正的节日。

# 音　符

　　浅浅的梦境划过夜色留下点点泪痕，无论多么冷酷的现实都会有一个温婉的梦。在心灵最脆弱的时候，夜色告诉你，等待很久的温柔其实并没有存在过。流云与风声很难守住一个诺言，从开始到结束其实都只是朦胧的笑容。应该忘记一个故事，夜色里包容的昨天。

　　季风吹过，吹过脚下的原野，身边的小河……岁月弹奏纷乱的音符，单调的音色唱着沧桑的歌。

# 跟着风儿去旅行

　　风跳过院墙，越过池塘，吹过路边的枯草，自由的身影如此轻盈，屋外蓝天白雪，屋内暖阳如春。

　　电话铃声一次次响起，星期一的早晨总是如此的忙碌。雪融化了一些，雪景还在，积雪的下面孕育着蠢蠢欲动的生命。新年来到了，心情从冬假中苏醒，每年重复着新意，每天重复着黎明。

　　风儿越过院墙，鸟儿仍无踪影，电邮短信如雪花般飞来，轻松地生活，缓缓地叹息，新年，跟着风儿去旅行。

# 总把新桃换旧符

　　终于买到了盐，全部倾洒在屋前的车道上，坚如磐石的冰逐渐融化，虽然天上仍然飘着雪，却也没有影响盐的效力。今年小街上没有雪人，邻居们都在想方设法清除冰雪，似乎忘记了那份雅兴，小孩子们也因过于寒冷的天气被父母留在家中，这个冬天有点儿冷。

　　雪花落在身上，落在脸上，凉凉的却很温柔，街灯亮了，对面房屋的新年彩灯还在雪中眨着眼睛，节日过去了，人们又开始了"正常"的生活，我一如既往地过着安静的日子，节日从来都是别人的事，我只要记住新年以后所有文件上都要注明 2014 的字样便可。

　　记得小时候妈妈在新年伊始总会提醒我，又过了一年你又长大了一岁，在新的一年里你会更加快乐！是呀，新年快乐是妈妈的心愿，也是每个人的心愿。

# 尽情地飞翔

　　喜欢简单的生活，喜欢君子之交淡如水的关系，喜欢平静的时光，所以所有的节日对我来说好像都是负担，过于轰轰烈烈的事情总会使我感到不安，至于交际的场所更是避之不急，不得已时，吃饭喝水离开，即使人在心也总是在自己的世界里徘徊，京城名媛，天后明星，高官达贵虽然近在咫尺却仿佛远隔重山，各人有各人的爱好习惯，风风光光的体面不如安安静静的平淡，愿做墙外的小草自由自在，一朵任性的野花清高淡雅，当春风吹拂的时候，可以任一双柔弱的翅膀，尽情地飞翔。

# 归　宿

我的律师史密斯先生变老了。

十几年前胖乎乎的他有一头茂密的金发，现在一切都变了样子，时间是刻刀也是腐蚀剂，富有的律师也无法抗拒时间的侵蚀。昨天在他的办公室里，望着他的秃顶我突然感到时间确实很无情。"我准备明年退休，卖掉郊区的房子，在多伦多市区买一套湖边的公寓，和太太一起搬到那里去住。"史密斯先生突然告诉我他的退休计划，希望不是因为我的眼神传递出来的想法让他这样说。"你退休了，谁来做我的律师？"

史密斯先生是我的朋友也是我的律师，无论大事小事他都会从法律的角度呵护我，这么多年习惯了在他的保护下"生存"，如果以后没有了他的庇护将是一件多么可怕的事情。

史密斯先生微笑地望着我，镇静地安慰我，还借机滔滔不绝地讲了一些他职业生涯中有趣的事情逗我开心，全然不顾在外面等候的几个客户，虽然他的外貌已经变得苍老了许多，但是他的笑声还是像以前一样爽朗，一样有感染力。

生活里经常有人走了，有人来了，家人都会如此，何况朋友。将来我们都会变老，都会有一个自己的归宿，无论是在湖边的公寓，还是田野上的小屋。

# 雪乡幽兰

　　清晨，雪花又一次轻盈地飞舞，今年雪多几乎每天都能见到雪花的身影。北极的风暴又要来临，这两天气温将骤降。听说冬天已经过半，下个月天气可能开始转暖，尽管如此，对今天来说那也只是一个安慰和希望。我并不太在意冬天的长短，因为我喜欢雪乡的幽兰。

　　周末的早晨，坐在窗前看雪花欢快地舞蹈，在咖啡袅袅升起的热气中，雪花的舞姿变幻出各种美好的情感，那灵气十足的"花朵"更是灵感的来源。在冬季闲暇的时光里，在自己的伊甸园中，一个人对着雪花微笑，那无色无味的花朵，此时又何曾不是我心中的幽兰呢？

# 茶香淡淡

　　天气继续冷着，冬天仿佛永无止境，这几天的阳光倒是无比灿烂，带来些许的暖意。忙碌之余停下来休息，台湾餐厅的美食总是能够吸引很多亚裔公民，旁边桌上的一对泰国夫妇正在蚕食一大盘台式刨冰，那盘小山似的冰相映屋外阳光普照的世界，竟让人感觉仿佛身在夏季。一月本是这里最寒冷的时候，能有这样的阳光，如此惬意的心情实属不易。叫了一杯高山茶，绿茶，我的最爱，淡淡的茶香与淡淡的茶色都能够让我陶醉，淡淡是我人生的追求，淡淡的情感最是让人留恋，淡淡是我的世界，不像阳光般热烈，不如冰雪般冷艳，但是无论是生活还是茶香，淡淡的，最好。

# 温柔的雪花

　　雪花在车窗外飘落忽缓忽急，这是入冬以来最大的一场雪，从昨天晚上一直下到今天还没有停下来的迹象，有些路面上的积雪未被及时清理，因此交通十分拥挤。早上出来办事，半个小时的车程竟开了足足三个小时，幸好一路上有 Andrea Bocelli 的歌声陪伴，倒也不觉寂寞，他那性感磁性的歌声温柔得使人融化。记得那年也是这样的歌声在拉斯维加斯的音乐厅里响起，身边的一位意大利老人布满皱纹的脸上流下泪水，那缓缓流淌着的泪水述说着多少人生的悲欢离合。如今忙碌的生活使人很少坐下来听音乐，很难有几个小时的时间让自己融化在优美的乐曲和歌声里，感谢如音乐般美丽的雪花在寒冬里带来这样一个机会。

　　匆匆的脚步匆匆的人生，温柔和惬意就存在于每一件小事里，存在于每一天的生活中和雪花飞舞的时刻。

# 四季有时，花开如期

　　早上醒来，又见窗外一片洁白，雪花再次覆盖了四月里仅有的一点点春意。

　　这个冬天很漫长，春风总是被冬季的雪花无情地拒之于千里之外。前几天，那还未有春色的春意几乎唤醒了所有沉睡的生命，人们快乐着，鸟儿也在歌唱，草地上闪现出星星点点的绿色，如夜空中的星光，点燃了春的希望，可是昨夜的一场雪又一次把生命从春天带回了冬季。雪还在下着，纷纷扬扬……

　　虽然，在这里，四月飘雪并不是第一次，可是这一次的雪，四月的雪已经失去了妩媚和诗意。

　　任何不合时宜的改变，都会带来不适意的结果，即使美如春天里的飞雪也能带来不尽人意的四月。

# 爱情总会延续

复活节前夕的早晨，因为是假期，所以路上的车很少，淅淅沥沥的春雨在早春时节甜蜜的如甘露，双双对对的鹅在路边，在春里，在雨中，幸福地漫步，悠然，悠闲。每年这时见到它们心情都会无比地欢愉与轻松，也许因为春日的性感，或许是鹅们的从容。

爱的样子可以有很多种，可是最让我感动的却是春季里成双成对的鹅的身影。春雨仿佛爱情荷尔蒙，所经之处花开了，情感也苏醒了，鹅是这样，人也如此，所不同的是，经过夏日的风雨，在秋天里鹅们通常还会在一起，尽管它们要举家南行，但是下一个春季又能见到它们一起漫步的身影。

人类的情感自然复杂的多，爱情荷尔蒙的作用不仅只是为了传宗接代，更为了心灵与精神，以及更多其它方面的满足。有时，爱情可能在秋季离去，也许，也许会分别在下一个雨季。

其实，其实那又怎样，春雨年年降临，爱情总会延续。

# 面　纱

　　不太确定朦胧的烟雨几时可以揭开面纱，在遥远的星河里流传着一段佳话，放逐自己在山脚下，怎能跟随星星的轨迹纵横天涯。

　　春天渐渐地长大，树上的花蕾，叶子漫漫地开花，曾几何时在小桥的底下，一叶小舟已经停泊在水边廊下。

　　港口偏僻宁静，几乎没有浪花，微风摇动船桨，烟雨揭开了面纱，再望遥远的星河，那里，已经飘落了一片，雪花。

# 佛罗伦萨，佛罗里达

朋友们回来了，从南边的佛罗里达，从遥远的佛罗伦萨，那边已经开满了春花，那里四季温暖如画，而我，却离开了，当这边的春风刚刚吹绿了山崖。

漫长的冬季冰封了一个世界，人们叹息着，却也原谅了残酷的岁月。

朋友们兴奋地讲述佛罗里达的美景，佛罗伦萨的文化，其实他们在庆幸躲过了一个非常寒冷的冬天。

我再次飞到了这里，一个没有寒冬的城市，在春风吹绿了山崖的时候，在故乡花开的时刻。朋友问：为什么冬天在这里，春天在那边？为什么不像我们一样，冬天离开冰雪严寒的地方？

是呀！喜欢佛罗里达，更喜欢佛罗伦萨，生命插上自由的翅膀，才能无谓地浪迹天涯。

# 窗

　　那一窗的浓绿是故乡没有的，即使是在夏季。

　　坐在窗前融入那浓郁的绿，也被那溢满一窗的色彩感动。窗外偶尔有彩蝶飞过，窗内经常听到鸟鸣的声音。静静地坐着，默默地欣赏生机勃勃的绿色，那一窗的美丽，春夏如此，秋冬如是，不曾间断的生命的色彩，在窗外经久不息。

　　从寒冬走进春天，夏季，抖落一身的雪花，融化进小雨里的绿色丛林，整整一个冬季被冰雪冷冻了的炙热情感，这时也在苏醒。虽然故乡现在已经是春天，缤纷的色彩也已经覆盖了冬季的苍白，但是在四季轮回的地方，那里的窗外终究还是会有冰雪的世界，现在，或是未来。

　　世界上总有一个地方可以使心情平静，也总会有一扇窗，一扇装满美丽色彩的窗子，令人感动。

# 千　鹤

千鹤是曾经离家不远的，位于多伦多郊区的，一家很小的日本餐馆的名字。上学的时候，路过那里，有时会买一盒便当做为午餐，替换每日的三明治或是披萨饼。

很多年过去了，因为搬了几次家，所以很少再去拜访那个小小的却很温馨的地方。前两天偶尔路过那里，看见"千鹤"的店名还在，店面已经焕然一新。跟随青春的脚步，我又一次走进了千鹤，店里依然窗明几净，只是换了十分新潮的装饰设计，已经完全没有了往日的日本风情。

坐在窗前的一张小桌子旁边，喝着招待客人的免费绿茶，等候自己的午餐。大概因为是周末，店里坐满了客人，有情侣，有家庭聚会，也有一些像我一样的孤独者。

从前这里很安静，客人不多，老板娘是一个来自日本大阪的，非常漂亮的日本女人，当漂亮的日本女人不在的时候，有时，她的父亲，一位和蔼可亲的老人会来这里帮忙，但是却经常算错帐，因为那时用餐的客人几乎都是熟人，所以大家都会主动帮助老人算清账单。

"你的午餐来了。"一个甜美的女声说道。看见女服务生带着一脸微笑送来我的午餐，眼前立刻交叠出那位慈祥的老人的笑脸。

时光流失，岁月荏苒，有些事却留下了，比如笑脸，比如曾经的青葱岁月，比如，小小的千鹤……

# 杨枝甘露

　　杨枝甘露，一种香港凉茶馆自制的江南美食，果汁色泽金黄，充满果香，据说是皇帝御品，据说喝来清凉可口，并有美颜纤体的功效。其实无人知晓皇帝是否需要美容纤体，但是杨枝甘露的金黄色彩似乎，确实有几分皇家风范。

　　每次见到贵气十足的杨枝甘露，我都会蓦然一笑，因色泽，或是因那诱人的美丽名字。因为向来不喜欢甜甜的糖水（可乐除外），所以我还从未品尝过杨枝甘露，对这种美食的感觉是从视觉的角度而言，至于味道也只是因为据说以及据说而已。

　　不喜欢糖水，我却很喜欢吃甜品，松软美味的糕点是我的最爱，比较喝糖水一饮而尽的快感，吃甜品是可以慢慢品来，满口留香的。

　　人类的感情，尤其是爱情又何尝不是如此呢。速成的，一饮而尽的情感怎能长久？在我看来，唯有细水长流的感情才会甜美如蛋糕，才能细细品味，余香满怀。

# 丢失了一个春天

小街上突然多了许多小孩子，一株迟开的郁金香竟也绽放的如此妩媚，院子里的玫瑰提前伸展带刺的腰身，抢占地盘，为夏天的花朵留下更多的空间，蒲公英已经飞走了，只有一片几乎干枯的枝干留在草丛中间。时间仿佛有魔法的盒子，打开，竟是如此的生动多情。

都说天上只三日，世上已千年，刚刚数日不见，家已经从冬变为夏天。当然，那种有关时间的说法只是一种想像，可是春天里的夏天却是真实的图片。迟迟不肯离去的冬季剪去了一段春光，早到的夏天又割取了一些春意，如此，春就不见了，只留下一片还未收割的蒲公英干枯的身躯。

今年的春天非常短暂，好像所有的生命都急急地赶赴夏天的盛宴，如此，就丢失了一个春季，如此，就忘记了春天？

# 天之骄子

那不经意间流露出的温婉柔情，仿佛春风里的小雨，好似秋阳下婆娑树影。用怎样的语言描述那样的女子，秋水伊人的娇容？在水一方的浮萍？

花开时，不尽想起婀娜，妖娆，花去时，不会叹息岁月的无情。柔弱的刚强虽然不似钢铁般坚硬，却如河水样切割着水底的石卵，到圆润，到柔美，在风轻雨弱的早晨。

世间万物似精灵跃动，舞蹈者是水中的小鱼，空中的飞鸟……是雨蝶的舞步。

那轻盈的步履掠过晨间的露水，惊醒了一片寂静的森林。

她裙上的芬芳，鬓角边的柔发，留住了春风，留下了一缕花香般的思绪。

## 朦胧的季节

就在春季与夏季朦胧的边缘，当还分不清究竟是春还是夏的时候，甚至园中的花儿们也不清楚应该是什么季节的时候，那一朵水中的白睡莲开了，那条宽阔的林荫道上垂下了丰腴的绿色，那水晶般的天空在河流的两岸闪耀，这时，田野上稀疏的春花，就用最简单的语言说出了最简单的答案。

无法想像没有淡绿的春色，无法想像没有浓郁绿荫的夏天，如果园中没有了花朵，五彩缤纷的美丽也就消失在朦胧的瞬间，那样，对我而言，诗歌般的圣殿就倒塌了，美妙的甘泉将沦为墨汁在风雨里祭奠河川。

大地沉思着，为了积聚的雨云，为了朦胧的季节，为了回归线上的光环。

# 下 雨

知道今天下雨，昨晚仍然忍不住给花园里的花浇了水，因为担心花儿们晒了一天的太阳，太热，太干，等不及今晨的雨水。

早上醒来，雨已经如期而至，有了雨，花园里湿漉漉的，这时有点儿后悔昨晚的好意，开始担心花儿浸在大雨里的娇容。

听说今天要下一天雨，暴雨！明天还要继续下雨，阵雨！真是天有不测风云，上星期预报这周无雨，昨天又改为要连续下两天雨。今晨，雨来了，虽然让我担心花儿喝了过多的水，可是再仔细地想一想，这何尝不是乐事，因为雨，今明两天我都不用再费时费力地给我的花儿浇水了。

其实人生中的很多事情都是如此，这样想未必是好事，但是如果那样想，换一个角度想一想，有些事情又何尝不是乐事呢？！

# 泥土的味道

喜欢雨后泥土的味道，清新自然，喜欢雨后凉爽的微风，轻柔温婉，喜欢雨后田野里带露的花朵，野性娇媚，喜欢雨后独自漫步，在林中的小路。

记得那时雨中的雨伞似乎只是一种装扮，在雨中，那把伞只是随我们一起奔跑的花朵，偶尔撑过头顶，遮住雨丝，却是为了那瞬间的浪漫。

有没有经久不衰的情感，我不知道，但是雨后泥土的味道却是我终究喜欢的清新。每当在雨中，每当风雨过后，那样的味道就会满足我的嗅觉，充满心灵。

人总是在变：情感，相貌，性情，爱好……即使对色彩的喜爱也会随着经历和年龄的变化而变化。唯有在嗅觉和味觉上的喜好始终如一。

那雨后泥土的味道总是能让我陶醉，那样的感觉，好像春鸟，好像秋虫，在雨后清新的空气里自由地飞翔，歌唱。

# 晚秋，小河边的老屋

一条十分幽静的小街，好似隐藏在闹事中的世外桃源，偶尔有车辆经过，也是悄无声息，唯有鸟儿经常在这里歌唱。这里是我的家，这里有我的老屋。

说是老屋，其实只有近二十年的屋龄，因这屋留下了人生中岁月的痕迹，因这屋雕刻了丰富的感情波纹，所以我称这屋为老屋。

老屋的身后是一片茂密的丛林，丛林的下面有一条清澈的小河，浅浅的河水却是终年流淌，涓涓的流水长年发出悦耳的声响，尤其在秋夜里，在秋色玲珑的晚上。

仿佛前世的乡愁，心灵的栖息之地，老屋，小河，刻在了脑海里，挥之不去。不曾想过，那遥远的，随风而动的柳枝，竟在红尘中与久远的情感在老屋里缠绵出一首乡愁。

春天的时候，老屋的周围也会萌发出娇嫩的绿芽，给老屋增添了几分靓丽的色彩，但是到了秋天的时候，秋色里，老屋的墙上便挂满岁月的涂鸦。

二十年的时光，正好是一棵树参天的时间，正好是婴儿成人的年龄。感情也可以在这样长短的时光里变得苍老，好像晚秋里的红叶，颤抖着脆弱的翅膀。

无论怎样，秋色中的记忆，小河边的老屋，流水样的时光都将老去，唯有那首乡愁，总会在我的诗歌中吟唱。

# 田　园

　　喜欢在同一个时间去同一家咖啡店，那时，那里很安静。寥寥无几的客人，若有若无的音乐，十分祥和，悠闲。虽然最近有世界杯足球比赛，但是这里仍然安静如初，来这里的客人应该都是喜欢安静的人，也不容易被环境或他人的情绪干扰。

　　"现在有世界杯足球比赛。"我看着店里电视上正在放映的新闻片段对女服务生说。"你喜欢看足球？"她惊讶地问道，眼睛却在说：那你为什么来这里？"足球比赛里有很多帅哥。"我半开玩笑地回答。"你最喜欢哪位球员？"她顿时神采飞扬起来。"当然是阿根廷球队的队长美斯！"我微笑着回答。"我也最喜欢他！"女服务生异常兴奋地说。看起来女生就是女生，足球以及比赛永远不是她们讨论的主要话题，自己喜爱的球星才是女生心中的最爱。爱美的女生喜欢打扮，也喜欢欣赏雄性的刺激，遮遮掩掩，羞羞答答地表达自己的喜好，怎如坦然地说出，来得痛快。

　　从新闻台转到世界杯足球比赛台，正是意大利对乌拉圭的赛事，场上人声鼎沸，咖啡店里仍然十分安静，两者的反差竟有天壤之别。

　　这里虽然是一个安静的角落，其实来这里的人们的心中，也蕴藏着丰富的感情，好像那个在店里工作的女孩，好像那个正在对着书本微笑的老人，好像，我自己。

这里，是城市中一片宁静的田园，来到这里的"闲云野鹤"，又何尝没有如常人般,花朵样怒放的情感呢！正如诗歌里唱的:寂静的午后，花园的一角，几朵玫瑰正在怒放。

# 惊鸿一瞥的美丽

早已习惯的窗外风景，早已看惯的园林，在四季中变换着色彩和容颜。

正是盛夏时节，绿的叶，浓的花，甚是好看。几经风雨越见挺拔的树木，已经高耸云天，历尽严寒的花草，有的去了，有的还在，今年春天新种下的花儿和小树，给我的园林平添了许多生气。

照顾着这片园林，好像呵护着自己的孩子，无论是在严冬过后的春天，还是在雨水充足的夏季。

昨晚下了一夜的雨，清晨从窗户望去，在稍远一点儿的浓绿色的灌木丛里，可以见到一些被风折断的枝条，鸟儿在仍然微弱的阳光下梳洗自己的羽毛，附近的草坪上落满了湿润的树叶和粉红色的花瓣，雨后的园林又是另一番景象。

有人说残枝败叶并不美丽，我说那只是新陈代谢的自然景象，花朵盛开之时固然灿烂，可是散落的花瓣也有不一样的风韵，那在雨后晴空下带露的粉红色，又何尝没有自己独特的魅力？

流浪的人，走了很多的路，经过很多的风景，见过许多盛开和灿烂，也经历过更多的风雨，从此知道了，人生就如那片园林，有时灿烂，有时凋零，有时却是魅力无穷。最是那雨后惊鸿一瞥的美丽，给人生平添了一笔如园林般绚烂的美景。

如果可以，可以偶遇一片生机盎然的园林，那是，何等的幸运。

# 永远的梅西

因为梅西，喜欢上了足球，因为梅西，爱上了世界杯。人往往因为一个人而喜欢上一件事，因为一个人而多了一份爱好。

在多伦多郊区有一家体育餐厅，餐厅的墙上悬挂着梅西踢球时的照片，照片的下面注有梅西的生平。2014 年的巴西世界杯过后，我们几个朋友就经常在这家餐厅聚会，也喜欢坐在梅西的照片附近，边吃边聊，边欣赏梅西的雄姿。我们几个人从来都是清高优雅之人，很难被某个人所打动，尽管好莱坞的明星帅哥比比皆是，却从来没有一个人能像梅西那样，深深地，无可争议地打动过我们的芳心。但是，但是这一次，我们却被潇洒腼腆清高帅气的梅西吸引了，理所当然地成为了他的追随者。

上高中的时候，我曾经是学校篮球队的主力队员，打后卫，所以切身地知道，比赛对一个球队的重要性，也深知自己在比赛中的责任和义务。那时，我们在各校之间打比赛，有时输球，有时也赢球，几个小女生也常常会为输球感到十分内疚和不安。当阿根廷球队最终与 2014 年的巴西世界杯冠军擦肩而过的时候，我深深地理解，理解赛后梅西的表情，梅西的落寞心情。

都说胜败乃兵家常事，在体育比赛中当然也是如此，但是一个胜利，一次冠军，并不能说明将成为永远的胜利者，反之亦然。喜欢梅西，喜欢梅西进球后的笑脸，更欣赏他在失败后的倔强神情！当竭尽全力拼搏后，输了，仍然是值得称赞的勇士，在我的眼里甚至更胜于一个轻而易举的胜利。

我知道很多人都非常喜欢梅西，因为他的球技，因为他的气质，因为他的性情，因为他的相貌……也因为梅西带领自己的球队顽强拼搏的精神。

2014 年的巴西世界杯结束了，许多梅西的球迷已经开始翘首期待下一届世界杯了，盼望那时再次见到梅西，见到梅西为自己的理想，在绿草坪上，如雄鹰般展翅高飞。

# 荒原上的初阳

晨曦初染大地，荒原在静寂之中屹立，黑暗渐渐地退去了深色的外衣。古老的遗迹在曙光里再现，被涂抹了一片金黄，给荒芜的土地增添了几许生气。

我看见公主的美丽，飘逸的秀发，舞动的长裙，再现曾经和过去。我看见王子的潇洒，锋利的长剑，金色的皇冠，在空中幻化出城堡和宫殿。

我看见翠鸟在泉水上掠过，我看见细雨滋润了沙地，给荒漠带来绿色，给公主和王子带来期待已久的晨曦。

如亘古的荒原，同样古老的爱情也在曙光中再现，那地平线上的一缕霞光倒映了如初的情感，也涂抹了一些略带粉红色的思念。

黑夜过去了，初阳下，荒芜的土地，依然那么美丽，静寂。

# 传统节日

中秋时的深圳仍然暖风习习，这个中国的花园城市在夕阳的光辉里显得十分娇小，静谧。

今天是中国传统的节日，中秋节，可是，下榻的酒店里却没有一点节日的气氛。刚才服务生又一次向我证明了今天是中秋节的事实，但是，她无奈的表情似乎也说明了，没有月饼的中秋节确实不太传统。

其实，每次回国，都能感到中国的传统节日正在发生变化，明明知道变化是正常的，也是不可避免的，因为世界在变，中国在变，各种节日当然也难免不变，可是每当节日，还是最期待能够见到节日的美食，感到节日的气氛。

昨天才从香港到深圳，虽然，香港那边的友人赠送的月饼依然口中留香，但是昨日的月饼，怎能取代中秋节当晚月饼的美味和暖暖的亲情呢？

其实，传统的节日，都是围绕着亲情这一主题而存在，也因为这主题而代代延续。

知道远方的亲人们，都会在同一轮明月下，度过这个暖意融融，团团圆圆的节日，便去取来一块蛋糕，就当是月圆人也团圆之意的月饼，遥祝至亲的人，节日快乐。

# 心灵深处

因为某个原因，今天被留在了这个城市，漂泊在外的游子，因此可以在故土小息片刻。

下午，在酒店的客厅里休息，从书架上找来一本"唐诗宋词元曲三百首"，不为消磨时光，而是为了此时此地，再次回归中国如此古老而又最有韵律的文字。

独特的爵士乐隐约传来，于空旷的大厅里回荡。在爵士乐的旋律里，我赏读着唐诗宋词的妙意曲境。并由此想到，世界又何尝不是一个简单的复合体，中外文化早已自然地交织在一起，比如客厅的设计，就是中西美学的构思，比如自助餐台上的食物也是中西美食的盛宴，当然，窗外的城市建筑更是如此，而且，人们顽固的思维意识也在潜移默化地，把不同的文化和文明有机地结合在一起，成为一种新型的，前所未有的人文理念，影响着社会的发展与进步。唐诗中的小桥流水，风花雪月，抒情写意的细腻情感，微妙地演变成今日的都市风情，从历史时空到真实的艺术世界，无不一一展现了如诗歌般的瑰丽与风骚。

耳边依然是节奏怪异的爵士乐，心却在唐诗宋词元曲里游走。

此时，手机中恰好传来一条信息，大意是：hi，漂泊的人，中秋时节，这里有你一封家书！

# 秋天的童话

还是无法停下流浪的脚步，在秋风再次染红山林的时候。早已习惯了从一个城市到另一个城市的生活，好像候鸟回归，更像白鹭在空中翱翔。

为了红尘琐事，有时会在某地停留片刻，但是为了自由，宁愿如无家可归的流浪者，四处游走。

秋天来了，行走在山间，河畔，有野花烂漫的峡谷，才是我的乐园。

那个花园很美，那里的玫瑰很香艳，还有蝴蝶和蜜蜂做伴，可是，可是秋天的童话不在那里，那个童话一直隐藏在心中的秘密花园。

那年，也是秋天的时候，在多伦多中国领事馆里遇到一位老人，他说，他很想回归故里，落叶归根。他说，他已经疲倦了，不想再过异乡的生活，在自己的暮年里，很想回到家乡去，因为那里有自己熟悉的烟雨。

我还在寻找秋天的童话，老人已经停下脚步，写完了自己的故事。是否将来的某一天，在秋风里，我也会疲惫不堪，也会像落叶一样飘回故里，驻足在乡间的小屋前，完成自己的故事，一个秋天里的童话。

# 飨　宴

在北京的一家酒店里，偶遇来自加拿大的 Joanne。Joanne 是一个看上去三十多岁，很漂亮的金发女郎。她在这家酒店做厨师，她的厨艺不错，而且即会制作西式美食，也能烹制我的家乡菜——北京风味的菜肴。

第一次遇到 Joanne 是在下午茶时间，闲聊中她问我来自哪里，当她得知我是来自加拿大的北京人时，十分高兴，并且非常热情地问我，是否喜欢她烹制的，我的家乡菜。

再次见到 Joanne 是在离开北京的前一天，她拉着我到餐厅的窗前，指着远山，深情地说："当天空晴朗的时候，从这里可以见到远山，那样的山景使我想起家乡的山，家乡的洛基山脉。我想念家乡，想念加拿大！"我很懂 Joanne 的心情，因为在加拿大时，我也经常会触景生情，想念自己的故乡北京。

故乡，扎根在每一个游子的心中，无论走的多么遥远，都无法忘记自己生长的地方，那血浓于水的亲情和记忆中的飨宴，都会如影随行，直到永远！

# 有点阳光就灿烂

如果你是一个开朗快乐的人，一个喜欢追求自由的人，一个在假日里，经常懒洋洋地宅在家里，享受独处的人，一个奉行君子之交淡如水的人，一个非常感性的人……那么，你应该就是一个"有点阳光就灿烂的人"。

这些特点是与生俱来的，也可以是后天形成的，有了这样的优点，无论在多么曲折的路上，都能找到太阳的方向。

如果你恰巧就是这样的人，而且恰巧也有许多这样的朋友，那么，你的世界就是一个花园，一个灿烂到好像没有一点儿阴影的地方。

当然生活并不总是那么美好，太阳也不总是悬挂在天上，但是只要记住："如果太阳不在东方，那就一定是在西方"，这样就可以找到理由，一个使自己快乐的理由。

我不喜欢说教，也不想劝告什么人，我只想告诉自己，其实人生没有多么复杂，也不太麻烦，烦恼仅仅存在于虚无缥缈的空间，我相信，我们的世界是一个充满色彩的花园。

# 故土难回

终于又一次回到了家乡，心情极度放松，旅途的疲劳以及漂泊者的失落情感，都在凉爽的秋风里消失的无影无踪。

带着回到家乡的美好心情，去酒店的餐厅享受第一顿家乡菜。我美美地捧起一本精致的菜谱，寻找京城的风味菜肴。

一个服务员走过来，很热情地给我一一介绍餐厅的特色食物：这页是港式点心，这边是西式糕点，这里…… 因为是盛情，所以只好等他讲完后才笑眯眯地说：我只想吃北京菜。

人身上记忆力最好的器官，据说不是大脑，而是胃，所以才有了"baby food"这样的说法，意思是，人在幼年时期吃过的食物，将会终生难忘。

家乡是她的子孙难以忘怀的地方，无论游子们走得多远都不会忘记的地方。这里有熟悉的空气，有柔软的柳枝，就连路边的小草都那么与众不同。 在这里，用青春换来的美好与不美好，都能瞬间化为乌有，变成一缕炊烟，袅袅散去。

都说故土难离，其实在流浪者的心里，感触最深的却是"故土难回"。

# 文艺风

时装是首歌，彩妆世界也流淌着浪漫的诗情画意，今秋，文艺风在各项美学的范畴之内呈现。如眼影，彩妆，流苏，长裙，无不渗透着诗样的美感。

有人以为，时尚风流只在闲情雅兴之时才有，却忘记了人类本身就是造物主完美的艺术杰作。从远古近乎裸体的短裙，到挂满流苏的，今秋最新设计的长衫，无不渗透着诗歌的意境。

美和诗歌流淌在我们的血液中，基因里。

繁忙时，放慢脚步，欣赏诗歌和音乐，可以使人得到片刻的安宁，回归心中绿草茵茵的田庄。

# 今夜失眠

明天又要离开这个即陌生又熟悉的城市，说她熟悉，因为这里是我生长的地方，说她陌生，因为这个城市对我来说，已经变成了一个十分遥远家乡。

有时，因为某个原因，或者说是命运，好像阴错阳差地搭上一条船，或是一架飞机，离开了家乡，离开了生养自己的土地，离开了最适合自己生活的地方，去了远方。

多少年后，回想起这样的决定，竟是为了一个不是理由的理由，就不可思议地让自己最终沦为一个过客，家乡的过客。

家乡变了，家也变了，落寞和伤痛一起撕咬着头顶上的天空。心在流血，低头无语，因为一切都已经成为过去。

流浪了很久，终于尝到了无家可归的滋味，知道有些代价要用一生的时间偿还。已经选择了，所以没有了选择。光阴早已截断了退路，时光已经逝去……

在暴风雨过后，心情突然感到如此地平静，平静的就像传说中，突然被闪电击中后，失去知觉的感觉。

破例地在睡前喝了很多茶水，今夜失眠。

# 家　园

静静地坐着，在房间的一角。外面有戏水的孩子们的笑声，屋内也偶尔传来喧笑的声音。星期天，这里比往常多了一些生活的气息。

从北京回来了，虽然是在离家乡很近的香港，却也有与家乡远隔重洋的感觉。

我只是在这里小息，很快又要飞过那片海，回到另一个世界。那里有不同的饮食，不同的文化，不同的语言，尽管如此，那里却是我的家，也许，也许那里将是今生的归宿。

秋天来了，那边的红叶应该已经灿烂了山河，院子里的花朵也应该已经开始凋谢了。走来走去终归都要回到那里，因为，那个红叶的国度已经是我唯一的家园。

但是，花还会再开，在春天的时候，春天也会再来，无论冬天多么寒冷。现在不是结束梦想的时候，也不是停止寻找秋天里的童话的时候，去实现自己的幸福和快乐是每个人毕生的追求。其实只要坚持，就能最终与幸福在生命的转弯处相遇，至于快乐，也许就存在于，潇洒地转身之间。

## 秋日的离别

从法国回来了，唇边依然留有熏衣草的馨香。巴黎的秋雨，此时还未完全退去夏日的浓艳色彩，紫罗兰的温馨仍在塞纳河边轻柔荡漾。秋日的离别最让人留恋，最令人缠绵。

家还是秋叶覆盖的景色，后院果树上熟透的苹果落到微黄色的草地上，颇有几分丰收过后的凄凉。从人流熙熙攘攘的香榭丽舍，到加国枫叶飞舞的小路，不仅是越过了一片海，更是走过了一段从繁华到静谧的人生。

# 锁　桥

　　法国巴黎的塞纳河上有一座桥，被当地人称为"锁桥"，因桥上挂满各式各样的锁而得名。我的法国朋友说，每天都有很多人带着锁和钥匙到那里去，他们小心翼翼地把锁锁在铁桥的栏杆上，然后把钥匙丢进河里，他们相信这样便可以永远留住恋人的心，可以把两个人的感情锁住，一生一世都不会分开。

　　朋友还说，其实他并不相信这样的说法，因为感情是锁不住的。

　　我想，带锁到桥上去的人应该是女人居多吧，只有水做的女人才有如此痴情的想法。我的朋友坚决不信有关"锁桥"的传说，尽管他的婚姻已经出现危机。但是我却相信，他即将与之分手的女人，一定已经到桥上去过了，并且带着一把锁。

# 过　冬

终于忙完了所有的事情和过冬前的准备。

加拿大的冬天十分寒冷，因此每年都要认真地做好入冬前的安排，就像院子里的松鼠，小河边的河狸，以及随时准备南飞的大雁……相对温暖的香港，这时，是我应该去的地方。

再次收拾好行装，再次向着太阳升起的方向飞行。香港将是我今年冬天的暖巢。

# 下雪了

下雪了，天空被水汽笼罩着，本来接近瀑布的地方就是经常雾气弥漫，这时就显得更加朦胧了。

小镇刚才还是怡然秋景，转瞬之间一场冬雪就退去了晚秋的浪漫。加拿大的冬季十分漫长，因此，那点缀大地的色彩就显得更加珍贵了。

虽然今年冬季不会在冰雪中度过，但是那南国温暖的气候里，又何尝没有多情的雪花飘落呢？

## 我现在很快乐

北国的风里留下了一段感情。短暂，仓促，甜蜜，至少我这样认为。

很久都不曾那样敞开过心扉，面对自己的感情，面对真实的人生。很多年里，喜欢用一道屏障，一个故事，把自己与生活分开，默默地守候，守候其实并不存在的事情。

生活本该丰富多彩，而不应墨守成规。我现在很快乐，无论你怎样认为。

# 寂静的秋花

雾雨缠绵，秋花沉醉。

在寂静的星期六早晨醒来，时差带来的不适已经消失。都说旅行是一件辛苦的事情，大概就是在说各地时差对身体的影响吧。早已习惯了长途飞行，时间上的差异对我的影响不大，唯有思念才是心中的牵挂。

那边已经是冬季，这里的南国毫无初冬的迹象。

# 旅途与美食

从法国坐火车再次穿过那条著名的，连接英法两国以及欧洲大陆的英吉利海峡海底隧道，法国人称作拉芒什隧道。空旷的车厢，美味的食物，还有英法两岸的晴朗天空，都给人带来极佳的心情。

送我去火车站的法国朋友，最喜欢地道的法国菜，所谓最法国的菜当然就是青蛙肉和蜗牛了，虽然如今法国人已经不经常吃青蛙，但是蜗牛却仍然是他们餐桌上的佳肴。

不同的国家和地区都有自己的美食。旅途中，带有不同风情的美味佳肴，可以给流浪的人，给一颗孤单的心，带来十分温暖的，家的感觉。

# 轻轻飘向远方的云

离开巴黎的时候，在火车站，我的法国朋友想尽量多陪我一会儿，因为毕竟是我一个人将要坐火车穿越海底隧道。当他不得不离开的时候，他说：我只能送你到这里了，剩下的旅程就靠你自己了。虽然我经常一个人旅行，独自流浪，但是听到如此亲切的话语，还是被深深地打动了。

火车在秋天的原野上行驶，我望向车窗外，那里，有一朵十分洁白的云彩……

# 人　生

午后的阳光照在她的脸上，温柔的风吹动着窗帘。

她孤单地坐在书房的沙发上，睐着一双仍然美丽的眼睛，平静，安详……

一辆公车驶过来，开进车站。忙碌的上下车人流过后，车门关上了，她没有下车。当公车路过昨天约定好与他会面的路口时，她看见他正在约好的车站那里等候，她的嘴角上露出一丝不经意的笑意。

车缓缓地驶进下一站，她下了车，迟疑了一下后，就穿过马路，上了反向行驶的同一路公车，回到了刚才经过的路口。下车后，她看见他还在那里等候自己，只是略显焦急地望向路口的方向。

她向他那里走去。看到她来了，他笑了。他上前拉住走近他身边的她的手，两人默默而视……（画外音：他：你终于来了！　她：不知道这样做，是不是我的真实意愿。）

那是他们偶遇后的第一次约会，从那时到现在，已经过去了很多年。

　　想到这里，她望向书桌上他的照片，布满皱纹的嘴角上露出一丝不经意的笑意。

# 慢节奏

在美国和加拿大，最近的一场早到的冬雪给初冬带来了寒冬的景色。去年冬季的寒冷仍然记忆犹新，今年冬天的冰雪就已经早早地展现了来势汹汹的气势。十分庆幸，在晚秋的时候离开了北美，幸运地躲过了那边的冬雪。

今年冬季应该不会太冷，因为香港的绿草红花依然色彩分明。听说下个星期香港这里也要降温，可是，即使降温后的温度对我来说，仍然暖如春季。

人其实不必非要忍受什么，比如不喜欢的天气，比如不如意的生活，比如那些只会给自己带来烦恼的人和事…… 适当地减慢生活节奏，给自己设计一个能够自由呼吸的慢节奏的生活，又何尝不可呢。

# 只如初见

　　每个星期天，他们都在这家餐厅的同一张餐桌那里吃饭，从春到冬，从夏到秋，从不间断。每次，他们都轻松地交谈，慢慢地吃饭，悠闲地喝茶，不像初恋那样激情，也不似夫妻那般淡淡。星期天是他们约会的时间，这家餐厅，那张餐桌是他们约会的地点。

　　他们不太年轻，也不漂亮，可是他们脸上的笑容却非常灿烂，那样的笑脸，那样的神情让人羡慕，更令人向往。所谓的地久天长，让他们演绎的如此淋漓尽致，也证实了那个"人生若只如初见"的美好传说。

# 诗歌集

# 旅 途

步履蹒跚的背影
憔悴沧桑的面容
人海茫茫
哪里是回家的方向
阳光下的红叶
树枝上的太阳
有爱的地方会有鸟语花香

旅途中
充斥雄性激素
兵马俑环绕黑色的背景
猛牛为生存奋战
雄狮仰面怒吼
秦王侍卫的利剑
刺向
无辜的生灵

我离开太热的故土
浮躁的生灵
在星光化为蒸气的夜晚
乘坐晚点的飞机，飞行……

# 淡定的花香

坐进血红色的座椅
靠着黑色的椅垫
硬石的墙壁反射着诡异的光
闲散的旅人
三三两两的情侣
滞留在这里
一块不太熟悉的土地

寻找花朵的身影是我的习惯
披着灿烂的阳光是与生俱来的风韵
沿着淡定的花香
如猎犬般的嗅觉
带我来到熟悉的园地
找回丢失的太阳

红与黑的生活映照在诡异的墙壁上
阳光如何在那里生长?

# 峭　壁

把自己悬挂在峭壁上
在春光荏苒的地方
以为有忠实的流水能够漂浮起生命的船桨

身影落入江河
桃红色的果实染红梦里的霞光
握住岩石冰凉的手
在风雨中
与光阴一起风化
成为，永恒

# 流　淌

在草还不是草，树还不是树的时候
河边是一片空地
在草长成草，树长成树的时候
河边是一片丛林

后来小草消失了
后来树长大了
后来
鸟儿多了
后来
树老了
花朵也如小草一样不见了

河水仍然流淌不息
终究那是岸边的丛林与空地

# 脸上的藤

渐渐爬上眉梢的藤
遮盖了泪水的痕迹
却也纠缠着痛苦的表情
为春天种下的藤叶
很多年后长成缠绵的藤条

这个
并不是我想说的
也不是期盼的结果
有些事好像藤蔓
层层叠叠的叶
覆盖着盘根错节的枝条

剪断吗
我问
望着镜中的脸

一条藤蔓在镜中
舒展
蔓延

# 雨洗过的夏天

台风疾驶而过
留下雨水清洗夏日的蓝天
夏天的风里带来雨水的甘甜
每年的雨季
每年的灿烂
屋前屋后漂亮的花园

夏天的午后有雨水相伴
花朵的馨香在咖啡的香氛中变淡
你好像雨后的蓝天
清晰却遥远

雨水洗过的夏天……

# 在今后的日子里

她已经付出了太多
为你
他却不以为然
认为那只是一些极其平常的小事
但是如果细细说来
很少有人
有女人
能为一个男人做出
那么多的愿意

她不在意你忘记
却在乎你否认那些年的过去

两条平行的河流无法会合在一起
在流入大海以前的土地

温暖的天空下有更多的晚霞
最美的不是天边的那一朵
而是身边的快乐

好好守护自己

请你

在今后的日子里

# 边　缘

没有剪断情思的锋利剪刀

转身
夜色中的大海
北极星
儿时的玩伴
丢下了孤独
隐藏在夜色的后面

一加一等于零
少年无知
相恋在情感的边缘
零的缘分
在路灯暗淡的街道上滑行了多少年

边缘情感的黑暗
找寻
北极星的光线

# 蓝色的雏菊

走了
终于
在眼睛里还剩下两滴泪的时候

谁对谁错
已经不重要
所以不再说

记得那年遇见过一朵蓝色的雏菊
在经过的路上
但愿
它仍然像以前一样美丽

但是走过的路
已经变成了一片墓地

# 下　雨

这里那里都在下雨
地球被雨水浸泡着
肥胖了身躯

这里那里都在哭泣
男人女人还有夏日里的蚂蚁
雨水流进了眼睛
流进了蚂蚁的巢穴
所以，所以
天空在哭泣

雨季何时过去
小蚂蚁不停地追问大蚂蚁

# 风的翅膀

拉住风的翅膀

盖在赤裸的土地上

今后那里可以长出稻谷和麦香

花儿在窗外睡眠

远方不太遥远

轻薄的羽翼就在那里盘旋

怀念青山

与风的翅膀为伴

耳边响起

……叮咚的山泉

# 细语无声

蓝蓝的天

美美的你

退下一层嫩绿

保留不同层次的阶梯

白白的花

淡淡的画儿

留下一片嫩绿

给春天里相同颜色的故居

桌上的花悄声细语

花园里的石榴垂头静息

喜欢这里

喜欢你

喜欢采集窗内窗外的无声和细语。

# Never shut down

五颜六色的食物富含过多的营养

加上一点绿叶和汤

苦涩的野果挂满土地的上方

等待秋阳

初秋涂抹出美丽在远方

诱惑一个幻想

五彩的食物

浓郁的秋光

远方

秋天的太阳

香甜的果园，香甜的果园

Never shut down

# 东方舞者

音乐里
年轻的面容在眼前闪现
记得，好像谁都年轻过
心在月光下颤抖
为了感动你和我的曾经
歌声里
你依然美丽的好像一道彩虹
只是留住了光阴的斑斑伤痕
东方舞者
你秀丽的舞姿变成了花瓣
零落在细雨里
流入小溪……

# 鸟儿与果实

等不到一个消息
有点儿茫然

虽然迁徙的鸟儿沿着固定的路线飞行
履行生存的使命
虽然青涩的果实在秋风里成熟
无畏炎热与霜冻
但是等待一个消息无法遵循自然规律
等待一个消息只能违背真正的心意

表面坚强的人
有时像候鸟般固执
有时又好像秋天里的果实

# 蓝　图

湖面上的冰在暖风里融化

荷花在湿润的空气里绽放

万物遵循自己的生长蓝图重复造物主的设计功能

大自然张开神秘的翅膀飞翔在心灵的土地上

追寻彩虹的弧度采集灵性的波动

峡谷里薄纱下面的土地

闪动萤火虫的踪迹

夜空上的点点星光守护着绿色的净土，晶莹的海洋

蝴蝶的翅膀隐藏了色彩排列的奥妙

让渔夫高举过头顶的鱼叉

缓缓地落下

跟着翠鸟无声地穿过山峦大地

这里的美丽

让人难以忘记

# 谷仓和花园

躲入心的海洋
找寻一把船桨
无风的海面上有落日的余晖闪亮
打开心中的窗
白云在身边飘荡
蓝天与海洋还有浩瀚的星光

屋里屋外悬挂太阳
空虚的巢穴富丽堂皇
山上山下都见谷仓
红红的苹果做成果酱

需要多少时间把花园修剪
需要多少故事填满谷仓

# 美丽的月亮

树渐渐地老去
草年年更新
屋顶的房瓦退去了绿色
车道上风干的水渍仿佛圆圆的年轮

昨晚的流星雨落入对面的山谷
今天的风刮倒了路边的街灯

谁是雨中的过客
谁爱柳树上的蜻蜓
道路曲曲弯弯
街灯无影无踪
只有，只有美丽的月亮
给星星照明

# 蓝　天

如丝的光阴总有凌乱的时候
缠绕多少千头万绪

当你不再轻声细语
带来风暴的喘息
这里
已经没有过去
几时花开
几时落雨
却仍然随着季节而来
花落而去

望向蓝天不是为了留住泪水
而是为了，为了寻找太阳的踪迹

# 松鼠的仓库

你不来
我也不去
世界会不会太平无事
你走了
我留下
大地还是一片翠绿

喜欢野性的花朵
无忧无虑
种在窗内失去了意义

用最敏感的情绪画出野蜂的艳丽
蝴蝶的脾气
你不来，我也不去
野花也会坠入
坠入松鼠搭建的仓库

# 青菜和芭蕉

最是那秋天里的太阳
挥洒出果实的甜香
收割后的田埂伸展疲劳的脊背
绿色的河水放松一年的紧张

花篮里的风光
满满的，都是冬天的食粮
极目远眺
田野里还有一些没有及时收割的青菜和芭蕉

# 大地的衣裳

用诗句打扮生活的身躯
让诗文浇灭怒火和浮躁的空气
愿诗歌为自己挡风遮雨
在诗歌里轻轻地叹息

世界充满美丽因为诗歌的魅力
世界变得更加平和因为书中满满的诗句

诗人是自然与人的使者
把心灵变成柔软的婚纱
换下大地苍凉的外衣

# 一亩良田

播种就有收获
耕耘一亩良田
春风吹拂田野
知更鸟的叫声

隐隐约约泉水的脚步
叮咚叮咚……
撒下种子
传来歌声
一亩良田等候秋风

# 倒塌的雷峰塔

在零度的地方燃放一束烟火
使寒冷变成彩色的云朵
在无色的冰河留下一点春色
让故事变成动人的传说

给远方的青山涂抹上颜色
墨绿的湖面上就有荷花飘落
给心情画上一条彩虹
秋鸟也要留下过冬

七夕的故事讲述古老的爱情
雷锋塔的倒塌释放出来的
只是，一个神话

# 弯曲的小河

把弯曲的河水梳成一条发辫
早霞落入水中变成粉红色的发夹
梦里的蝴蝶颤抖着翅膀
落在花朵似的发夹上

漂亮的小河从窗前流过
柔软的发辫在我的胸前垂落
风吹过小河
仿佛一双温柔的手轻轻地抚摸
抚摸发辫似的小河

# 流星雨

谁会在乎流星的陨落
因为夜空还有很多星星
谁会为了树叶的飘落而哭泣
因为树木是叶子的母亲

这段时间有流星雨在西方的天幕落下
但是只有在夜里
在夜色里才能遇到那些美丽的星星

当童心未泯的时候
当人老去只能用感觉感到流星经过的时候
一种快乐
一种近乎新生婴儿降生时的快乐
就从天空降临

# 缘之羽岁之草

精致的木偶轻盈地跳舞
一座华丽的城堡
缘是展翅的小鸟
随意落入林间的鸟巢
岁月铺满青青的小草
收割后的草香盈盈袅袅

一双手
一条裙
一缕黑色的发梢
拂过岁月之痕
飞过华丽的城堡

# 风　筝

一尾丝线悬挂着自由
仿佛飞翔的燕子在幼稚的画中
飞吧
请不要远离我的视线
彬彬有礼的歌声

飞过海洋借用风的波浪
落入峡谷折断了脆弱的翅膀
阳光涂抹出斑斓的色彩
翩跹的彩蝶
破茧飞翔

# 海的衣裳

晶莹地闪耀珍珠的光泽
海的钮扣脱落了
在沙地上行走
星星点点，点点星星
反射太阳的光芒

喜欢收集贝壳
喜欢把贝壳放在房间的各个角落
以为那样就带回了大海
忘记了它们只是海的衣裳

在海边
贝壳晶莹闪亮
回到家里却只是书柜的模样

# 忙碌的熊妈妈

从冬眠中醒来
漂亮的熊妈妈
森林中的荒草依然深深地弯着腰
寒冷的风使熊妈妈清醒
现在需要食物
很多食物
给小熊

采摘一些嫩叶
采集一些蘑菇
还有蜂巢里的蜂蜜
都是小熊的营养和食物
熊妈妈忙碌着
早上和晚上
春夏和秋冬
忘记了冬眠
也忘记了舒舒服服的
暖巢和冬天

# C 大调秋雨

请慢慢地说话
不要像雨后的青蛙
请轻声地歌唱
不要哇啦哇啦

今天的天空很蓝
像一块水洗的绸缎
证明，证明
现在是秋天
明天会怎样
明天仍然下秋雨
因为，因为
冬天还很遥远

# 空中家园

来自天上的雪花

变为泥土

没有忘记回家的路


在被践踏的岁月

有谁会记得那样的洁白和晶莹


美丽源自善良和执着

没有彩衣的泥土

仍然可以生长出花朵和希望的小路

在春风吹来的时候

在秋雨飘落的早晨

河水就与被埋葬的花魂一起

踏上回家的路

# 花　香

淡淡的清香飘过发梢
含蓄地表达，爱意
当花香散发的时候
吸引蜜蜂采集，花蜜

不认识你
原来，过去
很难说出爱你
所以让花香悄悄地说出心里的秘密

少年弹拨时光
岁月停留在微妙的距离
要不要走近一些
哈哈
蜜蜂，可以告诉你

# 愿你的爱再一次把我淹没

很想再次乘坐那条小船
在海上遇到你
那个曾经将我淹没的漩涡

被你的爱淹没
也能轻松地呼吸
被你的爱淹没
在爱的世界里快乐地旋转

当你再次出现在我面前的时候
我微笑着安静地投入到你的怀里
一双有力的臂膀高高地把我举起

海水的味道如此甘甜
海风温柔得仿佛你的脸
你的眼睛
那心灵的窗口
讲述着昨天

不经意间

多少往事在漩涡里沉没

不经意间

漩涡消失不见

# 盛开在远方

我从遥远的地方走来
一路留下足迹在山川
梦想于脚下盛放
孤独在头顶盘旋
路还很远，带上自己的罗盘

经过许多村庄
见过袅袅炊烟
家
最是甜蜜
盛开
却是我的终点

# 秋色风流

性感的天空是秋天的风景
如画的秋色写意秋季的风流
到哪里寻找秋天的身影
在水中
在山里
在那跳动的秋叶上

丛林柔美的弧度
湖光圆润的面容
风流的秋色在田野上抒情
啊！忘记了一件事
忘记告诉你
那在秋风里轻柔舞动的长发
才是最性感的秋容

# 没有红叶的秋天

为了这样的秋天
我留下了
一个没有红叶的秋天

那美丽的红叶
在远方
依然牵挂着我的思念

秋会离去
春还会来
为了青青的河边草
为了春天的妖娆和灿烂
我还是
还是选择了一个
一个没有红叶的秋天

# 有一个地方

怎样地与你交错在地铁的出口
在早上拥挤的人群中
匆忙地擦肩而过
又一次消失在晨光里

当你经过我的身旁
我们已经有过无数次的相望
瞬间的对视凝固了绵长的时光
瞬间的相望经过了许许多多的梦乡

人潮涌动
在地铁的出口
你往东方而去
我向西方而行

## 凋谢的秋歌

乡间的呢喃因鸟儿的喜悦
浮动的旧绿仍然轻盈着几许微弱的波澜
星星变幻着光艳
月儿渐渐似静谧的睡莲
田野里舞动的花枝在细雨中缠绵
九月的田野弹奏出秋日的欢颜

林间的白露繁星般点缀梦乡
月下的秋水跳入奔腾的小河
我不愿归去
因这醉人的田野
我怎敢离去
因九月里凋谢的秋歌

# 最后的盛开

走了九百九十九里路
看过了许多花开
最后是一树梨花
零落洁白

秋风渐起
梨树摇摆
飘零的梨花
似雪如玉
回到天空
再次
盛开

# 索菲亚，美丽的索菲亚

绿色的枝条在篱笆上盘旋
你是枝条上紫色的小花，美丽的索菲亚
湛蓝的海水是你晶莹的眼睛
明眸好似最美的浪花，美丽的索菲亚
站在山坡上，眺望原野
秋色的美艳是你成熟的面颊，美丽的索菲亚

我想走近你
仔细倾听你的呢喃
我愿点起篝火温暖你单薄的双肩
冬天就要来了
天空上的白云是我为你准备的
过冬的衣衫

啊！我的索菲亚，美丽的紫罗兰
你日日在我的花园里，在我的身边
艳舞，旋转

# 再见西西里柠檬

我在海边的小船上
回望西西里和那里
飘着清香的柠檬
我就要离去
不知何时能够再来
回到结满柠檬的果园
最后的时刻，我只想歌唱
为你歌唱，西西里柠檬

在那低垂的树下
圣洁的果实曾经是娇艳的花
在九月的秋阳下
你变幻成闪烁的星星，橙色的晚霞
整个世界在这片耀眼的橙色里
变成了一幅画
我爱你绿荫浅浅的微笑
我爱你旋律单调的情歌
金黄洒满海面
我就要离去了
当下一阵微风吹过

# 我记得

我记得

在河边歌唱的白鸽

轻盈的羽翼翩跹出蓝色的云朵

我记得

在森林里跳跃的小鹿

欢快的身姿洋溢出无忧的悦色

树影婆娑，一泓碧波

离分的叶飘向下一轮春色

我记得

月亮的眼睛凝固了安详与平和

我记得

紧贴在胸口上的玫瑰浸满梦一样的甜美

血红色的秋波


我的诗歌为谁而作


亚当和夏娃的过错让心灵见到了草原和沉默

因为，我记得

# 那里那里

我要去一个小岛
寻找丢失的芍药
那里没有花朵
只有沙丘和荒草

传说中的海滩
海市蜃楼般的神殿
那里那里，有一座小屋，和花园

跟着太阳走
寻找丢失的牡丹
花朵并不鲜艳
那里那里，却是庭院

洋洋沙海
楚楚衣衫
寻找那里，那里没有荒草
只有青山

# when the leaves on the trees

像小鸟在树上鸣叫
像青蛙在池塘边吵闹
when the leaves on the trees
Summer is not end

那时，秋天还很遥远
水上漂浮的不是落叶是海藻
那时，夏天的太阳带来一点点烦躁
树叶轻轻地摇
鸟群路过树梢
苍穹不够高
瑰丽的景色，环绕湖心小岛

when the leaves on the trees
生命，嫣然一笑

# This Fall

秋燕抖落一地羽毛
呱呱地从屋顶飞过
忘记了嘴里的野葡萄
狐狸拾起坠落的葡萄
庆幸秋天已经来到

This Fall 到来的有点早
田里堆积着南瓜和稻草
花朵露出了倦容
强调秋天应该多睡觉
秋虫不愿睡去
担心永远醒不了
秋水盈盈
哗啦啦地流过
唱着一首歌谣
This fall！ This Fall

# 飞　鸿

我以为你不会想念失去的记忆
只留下落叶沙沙的园地
我以为你会悄悄地离去
好像雪花消失不留下痕迹

没有寒冷的地方，也有秋天
清晨，树上的黄叶子落在脚前
思绪延伸到小路的尽头
小河的旁边
水面上的秋波粼粼，盈盈
顺流而下，心情一点点化为水中的倒影
不再等待
不必等待
等待消失已久的飞鸿

# 爱的尘埃

火山喷发后炙热慢慢散开
多少年以后那里还会有绚丽的色彩
飓风强劲吹走了所有的云彩
也带来一条雨后的彩虹和纽带

爱的尘埃慢慢散开
爱的尘埃轻轻走来
当星云再次聚集的时候
一切，一切还会重新再来

# 错　误

一个冷酷的眼神让人难以接近
什么时候开始无法跨越眼光的波纹
在无法预知的岁月里
究竟怎样的姿势
在风中摇摆
好像那双黄莺的翅膀
才能捕捉到你的目光
究竟怎样的歌声
好像那只黄莺的歌喉
才能唤醒你沉睡已久的情商

距离和光阴没有错
错误在于，相遇在一个错误的地点
还有错误的时候

# 城外的绿池塘

星星还没有睡
因那城外的绿池塘
清泉经过山边的小河
河边的浅滩
落入绿池塘
月亮还没有睡
因那流水的声响
还有浅滩上芦苇沙沙的歌唱

谁人在夜色中敲响星星的铃铛
仿佛驼铃叮叮当当
谁人绽露明媚的笑脸在月光淡淡的晚上
仿佛给月亮画上了淡妆

梦乡铺开一张斑斓的魔毯
伴着铃声起舞飞翔
秋，落入绿池塘换上春天的衣裳
只留下一条红色的裙摆在浅滩，和岸上

# 街　景

转过街角
叶已有些枯黄
枝也有些凌乱
时间下面的灰尘里有忘记的字样

左边是红灯右边是太阳
斑马线正好穿过中央
荷花凋谢，菊花鲜亮
丁香的影子摇曳着早到的春光
蝴蝶要飞了，秋虫留下了
各自了断一生的情缘

走在时间的上面
灰尘在脚下震颤
摇落一季花开
太阳穿过斑马线

# 匆　匆

匆匆地看过医生
匆匆地买过常用的护肤品
走过时代广场
匆匆地穿过人群
妖艳的红粉佳人
摩登的香氛
缓缓地坐下，在咖啡厅的一角
慢慢地品味，咖啡
香港，摩登的城市
充实了灯红酒绿和光影
几年？也许是三年
在这个城市的木马上旋转
三年，旋转出一生的时间

人匆匆，情匆匆
时光也匆匆

慢慢地走
慢慢地来
没有雨的时候
一定，也会有风

# 墙　壁

墙壁的背后有
一张婴儿的脸和
无声的风
一双无辜的眼睛穿
过墙壁嘘
轻声细语
不要让妈妈听到
听到你的声音

墙壁的那边没
有一台 X 光机
只有一双美丽
的眼睛
和心跳的声音

# 朦胧的景象

古老的风车旋转出幽静的梦
婀娜的水草摇摆着妩媚的腰
时间停留在偏僻的一角
遥远，逍遥

穿越时光的屏障
描绘一笔悠闲与温良
小雨还在云中飘荡
此时的天空没有湿润的霞光

清晰的倒影朦胧了真实的景象
一滴泪水穿过时空
停留在天上

# 水上花园

推开半扇窗
有月光下的细雨
看见阳光下的花园
水面的波纹牵动心底的遥远
水上花园星星点点铺开彩色的灿烂……

其实记忆并不遥远
只是沉重得如沉没的船
其实，其实过去也有色彩
好像眼前的水上花园

是否你也见过这里
见过这个水面铺满色彩的
幽静湖面

# 从巴黎塔下走过

曾经在夜色里孤独地从巴黎塔下走过
也曾包裹着披肩在无人的街道上停留
仰望星光下的铁塔
巴黎的化身

千里迢迢一次次艳遇自己的梦幻
又一次次错过阑珊中的璀璨
吉普赛女郎摇摆着臀部
裸露出双肩
左岸的街灯镶嵌了香诗与香颂
午夜里的书店
一个倩影
一杯浓情
一束紫罗兰

脱下高跟鞋
换上棉布衫
香榭丽舍的道边
巴黎铁塔的下面
流传着一首香颂和经典

# 人长久

风呼啸着
在秋末冬初的时候
树上残留的秋叶放弃了固执的守候
随风飘落
空气中凌乱的秋意渐渐地
渐渐地离去
冬天总是在秋还在的时候来临
留下更多的机会给明年春季

车轮下的落叶破碎了
飞舞的秋叶染红了秋雨
四季旋转淡写多情的年轮
无言的雨季

人长久，花难留
有些事在秋风里消失
有些人在记忆里久留

# 流浪者

即使身不能远行
心也要去流浪
没有目的的行走
不为理想也不为爱情
好像秋风中的落叶
自由随性

随心的漂泊有时也能收获惊喜与快乐
韵味无穷
秋叶就是随意的流浪者
像我、像你、像他
那看似无意的一瞥却能开出惊鸿的花
在远方
在故乡
在回眸的地方

# 问 你

一天
你会逐渐走出自己
变得过于强壮
却仍然背着脆弱的躯壳找寻
过冬的衣裳

春华秋实，夏花冬雨，自然却也未必
不懂的时候大声问自己
春光里的轻声细语
茫然的解释不明白的问题
心灵丢失了躯体
悄悄地，悄悄地问你
秋雨过后……是冬季

# 无 言

怎样的思念让人如此守候
怎样的风景令人无法回转
琐事红尘压弯了脊梁
却仍然背负着如此的牵挂和感叹

转身无言
因为已经走得太远
回去很难背负着如此的重担
蝶舞蝉鸣，破茧合欢
什么时候花开再言
什么时候再见从前

# 等　待

一个请求，带着诚恳
我给了你希望
不久以后希望在遗憾中化为乌有

一个沧桑的面容换来一片吉祥的云朵
云彩的温柔融化了一生的等候
往前走，一直走，没有，再回头
星星划落在等待的路口

# 领　悟

坚持了
对一件事
那时太年轻

不是所有的坚持都收获预期的结果

成功了
那样的固执
或许只是冥冥之中的宿命

一首生命的旋律在耳边弹奏
从呱呱坠地的时候
那时就是开始
也是结束

## 醉语梦歌

清晰的月光朦胧的窗

醉鸟离巢

黄昏雨

独坐廊下繁星复出

曾几何时年少无知

数星星谈月亮无所事事


人去了醉鸟未回

风雨艰辛迷途少年郎

怎知秋叶娱荷趣

花落何方


远远的近近的都有身影重重

树身高耸

奈何水满池塘不见鱼儿欢畅

鸟儿还乡

# 心声是一条河

心声是一条河
即使在严冬里也缓缓流淌

在冰雪覆盖的田野上
我听见冰层断裂的声响
和鱼儿呢喃的呓语在梦乡
那里，零下几十度的地方
雪撬叮咚叮咚欢唱
那里，冬天的太阳也有温暖的光芒

小草睡了，昆虫去了，大雁在南方
雪乡，雪乡只有一条河流在流淌

# 雨桥河畔

爱过了
在雨桥河畔
水草盈盈汪洋一片
从此长发飘飘的剪影留在了岸边
拂袖而去的背影逐渐消失，消失在对岸

人长久
千里之外玫瑰在叶影树丛中衰败
来了，走了
爱的色彩依然存在

# 晚上的月亮

夜色里你才出来
其实你一直都在
虽然不能孕育花草
却能够放牧星光

你在你在
温柔的月亮
你在你在
虽然夜色里你才出来

# 天边的草原

谁会忘记天边的草原
即使在多雪的冬天
草香蓝天忘不了白云悠闲
飞翔的鸟儿，放飞自由
小河蜿蜒，流淌着思念

谁会记住身边的流言
即使无语的秋歌记下了昨天
音容笑貌仍然环绕眼前
草场依然，花海相连
河水东去，流淌着思念

# 印第安人的夏天

飘起来了
一张顽皮的笑脸
风中，蜘蛛抓紧了缰绳

孩童多么可爱
孩子身边的女人僵硬的脸上注满了玻尿酸

有点儿混乱
白天与黑夜
有点儿错位
大人与小孩
天天月月年年
时时刻刻今天
幼稚的童音唱着情歌
沙哑的喉咙唱着童谣

推开时光
那里有雪天里的雨季
还有，还有冬季里印第安人的夏天

# 雪还在下

漫长的路落满了白雪
延伸到非洲的草原
羚羊如何越过雪路到南方过冬
小草在她的梦中漫延
直到没有寒冷的冬天

花朵总是开放在遥远的地方
留给小小的羚羊 ... 无限的忧伤

怎样忘记花香的形状
随你走过荒凉的地方
时间太长

雪还在下
错过了花开的季节
最终覆盖了归途
只有雪花…还在飘落

# 遥远不是流浪的终点

流浪到远方
一次又一次经过你的身旁
多少足迹在天涯，游荡
岁月漂染褪色的行囊
苍凉在路边在风中在心里，吟唱
累了，我的故乡
累了，我还在寻找玫瑰的芬芳
追逐着一丝幻想
忘记了悲伤
无法停下疲惫的脚步
流浪的人
还在远方

## 土拨鼠的预言

每年的冬天生活在这里的人们喜欢听土拨鼠的预言
那个预言告诉人们春天是否遥远

憨态可掬的土拨鼠华丽地出现
一道身影量出冬天的长短
相信或者嘲笑
今年的土拨鼠们道出不一样的预言
冬天可能长，也可能很短

生活本来无法预言
预言里只有今天的愿望
心里的明天

# 春天在这里

走过河水两边的悬崖峭壁
解悟峭壁上的花语
清清的河水倒映苗条的身躯
走过芳香醉人的春季
解悟悠然而落的小雨
花海中的身影漂浮多少美丽

坠入情网的鹦鹉从身边飞过
失恋的小虫仰望天空，没有哭泣
热带雨林的天资孕育了雨蝶翩翩来去

狭长的山地
灌木从东到西
蝴蝶的翅膀满山遍野，云集
色彩重叠的景象幻化出一个清晰的消息
——春天来了，就在这里

# 我能否成为你的诗篇

试图放弃自己的幻想
把流水的声音收藏
山谷里的小屋，曾经，也是梦乡
堆积着牛羊的草原
蠕动着花香的庭院
哪一个，更能让人留恋
收起一双翅膀
画上明媚的眼线
在流水的声音里
等待渔网的缠绵

你经过蓝天，采摘了一片云
你穿过果园，带走了果香和虫卵
一粒葡萄成全了美酒
我能否成为你的诗篇

就这样走过了一段时光
就这样成为河里的石卵

当青苔慢慢染绿河底的时候
岁月就在草原上盛开，蔓延

# 春天的序曲

冬迟迟地不肯离去
春风已经默然地柔软了土地
尽管冰雪仍然在树下
在屋前，在水里
悄悄地，轻轻地
耳边听到呢喃的春曲

那枯树丛中的一点绿
是大地的婴儿
娇嫩的仿佛新生的露水
眼中的泪滴

漫长的冬季
冰封了思绪
冻僵了翅膀
坠落了一地缤纷的花雨
春意从污雪上掠过
晶莹了点点的色彩
感动了我
也感动了你

草还没有变绿
花香仍然飘浮在云朵里
春天的序曲
轻柔地，悠然地
伴随着婴儿第一声哭泣
苏醒了
在母亲的怀里

# 在等蒲公英开

在等蒲公英开
鹅黄嫩绿仰望天上的云彩
远看无际的春景
蒲公英灿烂地，盛开
等待，等待
等到五月花开
那时，那时
我已不在

等待蒲公英开
远方只有一朵云彩
不见轻盈的翅膀，在小雨里，娇羞地绽开
等待，等待
等到沾满花香的裙摆
好像蒲公英的小伞，慢慢地绽开

# 儿女情长

放下一段儿女情长
乘坐一叶小舟去远方
"可是，可是你已经在远方"
"也许，也许我要再次离开家乡"

那里的水很浅，无法承托起小小的船
一个人的小舟游来游去，也能搁浅

那座古桥还在
只是断了几根木材

太柔软的心是错误的开始
坠落了双翅是因为儿女情长
怎样摆脱那如蛇般无骨的情感
怎能放逐自己在浅滩上，与断桥为伴

# 微　笑

我努力地对每一个人
微笑
每天，每年
在每一个晴朗的日子里
也在刮风和下雨的时候

行走在单行线上
对面没有行人和车辆
我仍然
努力地对着大地微笑
即使在乌云低垂的黄昏
和没有阳光的早晨

轻轻地走在夜色里的草坪上
不愿惊扰沉睡的小草
因为我知道
小草正在睡梦中微笑

弯弯的小路背负着一双脚
疲惫的双脚压弯了小路的腰

一个人

努力地寻找

寻找快乐和樱桃

一个人，坚强地行走

努力地，对全世界

微笑

# 星　星

午后，院落里铺满了阳光
夏季的阳光里有许多吃饱的蚊虫在休息
假日的午后不同于平常
因为心情也像那些
极度放松的小虫和花草

曾经听过你的名字
偶然见到了你的面容
那如婴儿般纯洁
如清泉般欢快的笑脸
在眼前闪过
即使远隔山水
也深深地印入了心田

那山间的兰花
原野上的雏菊
是遥不可及的美丽
却带着诱惑的面容
恬美的神情
让人无法轻松地转身，离去

就这样，你捕获到了许多芳香
就这样，你轻松地收获了一片
缀满雏菊的田园

那晚，那晚沙漠中的星空
正好有流星划过
照亮了一双美丽的眼睛
从此，从此那潇洒的身影
就变成了一颗
一颗明亮的星星

# 一个回不去的地方

远方是怎样的一个地方
那是小时候的幻想
是像星星一样遥远
还是像白云一样，飘忽不定的摸样

一边成长
一边丢失了许多幻想
可是遥远总是停留在心上
总是相伴漫长的时光

走着走着
去了远方
走着走着
找不到回家的方向

遥远凝固在家乡
那里
却是一个
一个回不去的地方

# 挂满艺术品的长廊

挂满艺术品的长廊
有荷花也有月亮
有山水也有满天的星光

穿过那条长廊
听到叮叮咚咚的声响
穿过那条长廊
看到星星好奇的目光

达芬奇的杰作排列成行
蒙娜丽莎的微笑
在长廊的尽头捕捉人们的目光
一张张画布
一座座雕像
悬挂在灰色的墙壁上
多么奇怪的世界
一个艺术的天堂
众所周知的色彩
就在目光所及的地方

早霞初亮

星星躲避在天上

人们排起长队，等候

等候，走进长廊

# 原始的摸样

温文尔雅的身影
多么风度翩翩
经过沧海桑田，蹉跎岁月
已经变成一张黑白色的图片
图片上的一只手
指向无极的方向

岁月之手剥去了色彩和伪装
情，终于露出了原始的摸样

# 不是梦境

当一种无名的力量
将睡眠拽入更深的梦境
空间扭曲了
墙上的电视站立起来
房门也倾斜了
一只手臂以一种奇怪的方式伸进屋里
五只手指还在不停地抖动……
她在扭曲的空间里挣扎
无法摆脱那股邪恶的力量
继续坠入另一层空间

一个婴儿的笑声响起
冲破了那几乎不可逾越的 N 维空间的墙壁
于是，太阳照进了房里
一切都恢复到正常的秩序
醒来，她凝视着天花板
在早晨明媚的阳光了

# 一首乡谣

赤裸着身体
在某些地方代表美丽
比如在非洲的荒原
比如在梦里

赤脚在非洲的荒原上奔驰
在沙地上找寻虫蚁
如果你不懂如何挖掘洞穴
就无法避开那里的蝎子

在小路的尽头
我遇到一个乡村歌手
弹奏一首乡谣
他用柔和的声音唱道
下次挖虫蚁的时候
记住带上手套……

# 走出森林

鸟儿的鸣唱
动物的话语
伴着清风走出了森林
山上的雷鸣
林中的暴雨
驱散陌生的气息
林间的土地上长满青苔
蜻蜓在树木间俏舞滑行
翠绿的湖泊
升起五色的彩云
斜长的树影
涂抹了难以忘怀的伤情

沉睡的玫瑰醒来了
不再流泪
走出青苔上的阴影
走出森林……

# 一张画像

你把一束鲜花
似乎不经意地
放到我的桌子上
花香扑鼻
烹制了我的沙拉
我望向花的那边
一双眼睛晶莹闪亮

这花？
送你！
可是我们素不相识
还记得德克萨斯州的阳光
沙漠里的月亮？
还记得墨西哥海边的海浪
和那些奔放，粗旷，自由的时光？
昨晚
我想到了你
在回家的路上

你温柔地笑着
从怀里掏出了一张画像。

# 惊　喜

几朵嫣红的花
点缀了绿色的山顶
对比一抹轻盈的早霞
那艳丽显得更加浓重
何时登上了山顶
怎样涂抹了天空
白色的舞蝶最清楚

惊喜来自瞬间的一瞥
来自无语的凝视
来自，清晨淅淅沥沥的
小雨……

# 左岸咖啡馆

以慵懒的优雅姿势
等待你的到来
不用语言
却是眼睛的光彩
眼神间的交流
默契的感慨
结识诗歌里的灵感
坐拥左岸的艺术形态

长长的诗集写在椅背上
支撑柔弱的脊梁
每当晨光泛起白色
温暖
就在咖啡的热气里，回荡

# 时光剪裁的翅膀

悠然的时光，剪短了
绵长的翅膀
松软的土地面向天空
背向海洋。我的沉默
诗的忧伤，不是寂静的时光

诗集里的诗行间
生长出一片多情的草场
点点星光幻化成
诗稿和墨汤
每日的思想，情感，和诗句
仿佛沙丘，淹没了绿色的草场
只留月亮在天上

# 醒 来

醒来，忘记了梦乡
阳光遮住黑夜
退去深色的幕帐
天空，露出了一点点缝隙，让风
穿过句句诗行

家乡和这里，经常不一样
却也昼夜轮回，分享
一个圆圆的太阳
醒来，忘记家乡吧
斜长的身影，留在了火星上

# 跳舞的小孩

我的小孩，在诗歌里欢唱
一些文字穿上不同的衣裳
那些想法不能留在韵律间
它们喜欢做，跳舞的小孩

彩珠从颈项上滑落
掉在地上，叮咚乱响
让我想起很多星星
在遥远的地方……

# 后　记

## 飨宴甜蜜

清晨的风从小雨中吹来，吹过异乡的田野，吹进敞开的窗子，在流浪人飘忽不定的眼睛里停留。

一朵花，一片叶子，一只蝴蝶，都是夏季的文字，在诗歌流淌的河水岸边，这样的情感，这样的文字，有点乡村，有点摇滚，有点灵魂，有点灿烂，也有点泪水，但是，很美。

在一片闲适或恬静的私人空间里，在蝶谷竹青的夏季，回归故里，在梦里，看承载狂欢的夏日之舟，远去。多么希望，醒来时，能够再次见到故乡的美景，能够再次品尝飨宴的美味与甜蜜。

2014 年初冬